나무는 흔들릴 때마다 자란다

나무는
흔들릴
때마다
자란다

글·그림 박현주

siso

낯선 땅에서 무엇을 보았나

가고 싶은 길이 있었다.

초등학교 2학년 때부터 고등학교를 졸업할 때까지.

나의 꿈은 수도자였다. 소외된 사람들의 친구가 되고 싶은 마음과 영원한 것에 대한 갈증 때문이었다.

열아홉 살에 수도원에 들어갔다. 그리고 꼬박 여섯 해를 재밌게 살았다.

그 후 수도원을 떠났다.

수도 공동체에 실망했다거나 운명적인 사랑을 만났거나 그런 드라마틱한 이유는 아니었다. 그저 마음 한 모퉁이에 간직했던 꿈 때문이었다. 보다 가까이에서 소외된 사람들의 친구가 되고 싶었다.

그러나 나는 그 꿈을 실현하며 살 수 있는 방법을 쉽게 찾지 못했다.

마음을 정하지 못하고 힘들어하던 시절 그림을 만났다.

나답게 사는 길을 찾던 그 방황의 끝에 그림이 있었다.

우연히 간 전시회에서 작품들이 내게 말을 걸어왔다. 작가의 수많은 드로잉과 그림들이 시대를 초월해 그 순간의 나에게까지 전해졌다. 그가 느낀 감정을 낱낱이 이해할 수 있었다. 나는 단순히 작품을 보는 행위를 한 것이 아니었다. 시대도 문화도 성별도 언어도 다른 그 작가와 나는 그림으로, 예술로 만났다.

그날 이후 다시 하고 싶은 일이 생겼다. 소외된 사람들의 친구가 되고 싶다는 꿈이 사라진 것은 아니었다. 새로운 꿈이 마음을 두드린 것이다.

어쩌면 두 가지 꿈이 내 삶에서 하나의 길로 이어질 것 같은 예감이 들었다.

그림이 좋았고 그림을 그리고 싶었다.

고등학교를 졸업하고 수도원에 입회했던 나는 어디서

부터 무엇을 시작해야 할지 몰랐다. 보다 전문적으로 예술을 공부하기 위해서 진학을 준비해야 했지만, 내가 처해있는 상황에서 미술을 공부할 방법은 많지 않았다. 더 넓은 세상으로 나가 예술을 경험하고 싶었지만 그러려면 만만찮은 비용이 필요했다.

내가 할 수 있는 범위 안에서 예술을 공부할 수 있는 곳을 찾기 시작했다. 간절함이 통했기 때문일까?

저렴한 학비와 생활비로 예술을 공부할 수 있는 나라를 찾았다. 새로운 언어를 공부해야 했지만, 좀 더 넓은 세상에서 예술을 경험하고 그림을 배울 수만 있다면 문제가 될 것은 없었다. 자신감이 있어서라기보다는 그만큼 간절했기 때문이다.

가방 하나만 들고 이탈리아로 떠났다.

가족도 친구도 익숙함도 사라진 또 다른 사막 같은 그곳, 낯선 땅에서 5년간 언어와 예술을 공부했다. 어려운 순간과 위험한 고비도 있었지만 특별한 만남과 고마운 인연들도 있었다. 그 모든 시간이 날실과 씨실로 어우러져 나를 성장시켜 주었다.

그 시간은 나에게 예술은 특별한 사람들만의 전유물이

아니라는 생각을 심어주었고 오히려 모든 사람이 마땅히 누려야 할 권리이자 즐겨야 할 놀이라는 것을 깨닫게 해주었다.

나는 아무도 소외됨 없이 그 놀이를 한바탕 즐기기를 희망한다. 사람마다 가진 고유함이 예술을 통해 피어나면 좋겠다. 모든 사람 안에 예술가의 씨앗이 숨겨져 있음을 믿는다. 단지 불씨가 아직 밖으로 드러나지 않은 사람들이 있을 뿐이다.

그림을 그리고 글을 쓰면서 나는 삶을 새롭게 배웠고 마주했다.

지난 5년은 그림을 통해 내 안에 숨겨진 씨앗들을 발견하는 자유와 기쁨을 맛본 시간이었다.

이 책에는 그 여정에서 끌어올린 생각들을 담아 보았다.

모든 사람이 자신답게 살아가기를,

그리고 자기 안에 숨겨진 창작의 씨앗을 발견하기를,

아무도 이 즐거운 놀이에서 소외되지 않기를.

Part 1

수도원을 나오다

Part 3

캔버스 앞에서

별이 쏟아지던 여름밤에 오빠는
망원경으로 별을 찾아주었다.
빨간 별, 파란 별, 노란 별.

저마다의 온도로
자신만의 색으로
빛나던 별.

각각의 색으로 빛나는 별을 보면서
나는 우주를 조금 알게 됐다.
그리고 우리 사는 세상도.

같은 사람은 없다.
모두가 귀하다.
그때 그 별들처럼.

Part 1.

수도원을 나오다

모든 꽃이 따스한 봄날에만
피어나진 않는다

몇 년 전 겨울이 끝나갈 무렵 양산 통도사에 다녀왔다. 통도사의 홍매화가 아름답다는 이야기에 무작정 매화를 보려고 길을 나섰다. 오랜만에 나선 나들이를 하늘도 반겨준 것일까. 통도사에 도착할 즈음부터 눈이 오기 시작했다. 고마웠다. 평소와 달리 눈이 고마웠던 것은 설중매를 볼 수 있을 것이라는 기대감 때문이었다.

2월 중순을 지나 있었지만 아직 겨울의 끝자락이니 눈이 올만 했다. 통도사에 도착했을 때 우리 일행을 반겨준 것은 하얀 눈을 가만히 이고 있는 매화였다. 이쯤 되면 나들이는 이미 성공이었다. 꽃은 따뜻한 봄날에나 피는 줄 알았는데 하얀 눈이 세상을 뒤덮었을 때 자리를 지키고 피어있는 매화가 너무 아름다워 가슴이 얼얼했다. 추위에도 아랑곳하지 않고 자신을 피어 올리는 그 당당함을 닮고 싶었다.

쌀쌀한 날씨에 코끝이 시려도 매화 향기는 은은했다. 눈도 추위도 매화의 향기를 꺾을 수는 없었나 보다. "매화는 한평생 춥게 살아도 결코 그 향기를 팔아 안락함을 구하지 않는다(梅一生寒不賣香)"라는 상촌 신흠의 시구가 절로 떠오르는 날이었다. 그 기억이 너무 강렬해서 이후 겨울에 피는 꽃을 좋아하게 되었다. 화려하고 아름다운 꽃이 많지만 유독 겨울 언저리 즈음에 피는 꽃을 찾아다니게 되었다.

꽃이 피는 시기가 제각각이듯 사람들에게도 저마다의 때가 있다. 때가 조금 빨리 찾아오는 사람도 있고 늦게 찾아오는 사람도 있다. 일찍이 좋아하는 일을 찾아 인정받고 계속한다면 더없이 좋을 것이다. 하지만 대부분은 자신이 무엇을 좋아하는지 발견하는 데 꽤 긴 시간이 걸린다. 나도 그랬다. 서른이 넘어서야 그림을 그리기 시작했으니 말이다.

오랜만에 학창시절 친구들을 만나면 어른이 되어 그림을 배우고 이와 관련된 일을 하는 나를 신기해한다. 그도 그럴 것이 나는 어려서부터 전문적인 미술 교육을 받지도 않았고 예술 학교를 졸업한 사람도 아니었다.

서른이 넘어 본격적으로 그림을 그리기 시작했을 때는

'잘' 그리고 싶었다. 머릿속에 떠오른 것을 잘 구현한다는 의미의 '잘'이 아니라 구상한 것을 거침없이 그린다는 의미의 '잘'이었다. 망설임 없이 슥슥 그리는 사람을 보면 부러웠다. 나는 언제쯤 그런 경지에 이를지 한없이 부럽고 뒤늦게 그림을 시작한 것이 잘못된 선택은 아닌지 끝없이 뒤돌아보았다.

하지만 흔들릴 때마다 나는 모든 꽃이 따스한 봄날에만 피어나지 않음을 떠올렸다. 모든 사람의 때가 똑같지 않음을 상기했다. 따스한 기운을 받으며 피어나는 꽃이 있고 추위를 뚫고 맺힌 꽃망울에 하얀 눈을 맞으며 피어나는 꽃도 있다. 어느 것이 더 아름답다고 말할 수 있을까? 그저 자신의 때를 알아보고 피어난 것이 놀랍고 고마우며 나에게 용기가 될 뿐이다.

글을 쓰거나 그림을 그리거나 음악을 하거나 춤을 추는 등 창의적인 활동을 하는 사람이라면 꽃을 피워내는 자신만의 때를 쉽게 포기하지 말고 기다릴 수 있어야 한다. 나 역시도 처음에는 생각만큼 눈과 손이 따라와 주지 않아 종이에 드러난 결과가 참담하게만 느껴졌다. 그 과정 안에서 얼마나 많이 포기를 떠올렸는지 모른다.

세상엔 자기 생각을 그림으로 잘 표현하는 사람이 너무나 많았다. 명예나 부를 가진 사람보다 머릿속으로 구상한

것들을 시각적으로 잘 그려내는 사람들이 더 부러웠다. 어떤 훈련을 하면 그럴 수 있는지 알고 싶었다. 항상 마음속에 그런 바람이 있다 보니 누가 전시를 하면 관심이 갔다. 책을 보며 따라 하기도 하고 직접 찾아가 만나기도 하면서 끊임없이 연구했다.

그림을 시작한 초기에 우연히 서점에서 만난 한 권의 책이 있다. 그 책은 아이디어 스케치 등의 드로잉을 설명한 책으로 여러 예시를 담고 있었다. 책을 구입해 집에 와서 따라 그려보기도 하고 다른 그림과 비교하기도 하면서 여러 그림체를 발견할 수 있었다. 그 과정에서 작가에게 조금 더 깊은 지식을 배우고 그의 실제 작업 과정도 엿보고 싶었다. 나는 용기를 내어 그 책의 작가에게 이메일을 보냈고 직접 만날 수 있었다.

작가의 작업실에 방문해서 그가 그리는 그림들을 보았다. 아이디어 스케치하는 방법을 들으면서 닮고 싶었던 그의 드로잉에 대한 설명도 들을 수 있었다. 나도 단순히 기술적인 부분을 배우는 것을 넘어서 나만의 느낌을 살려 아이디어를 시각적으로 구체화하고 싶었다. 그때부터 원하는 것을 제약 없이 마음껏 표현하고 그리고 싶어서 차근차근 연습했다. 급하게 무언가를 완성하겠다는 마음을 비웠다.

다행히 나는 포기하지 않았다. 오히려 언제 어디서든 그림을 그릴 준비를 하고 다녔다. 무언가를 기다릴 때도, 풍경이 아름다울 때도, 재밌는 아이디어가 떠올랐을 때도, 기분이 좋지 않을 때도 그때의 생각이나 느낌을 시각적으로 표현하려 애썼다.

어느 날 그림을 그려야겠다고 생각한 때부터 예술 학교를 졸업할 때까지 그린 그림들을 꺼내 보았다. 아주 조금씩이지만 내 그림은 매일 한 걸음씩 성장하고 있었다. 이런 변화는 나를 지켜봐 왔던 사람들이 더 잘 느꼈다. 주변에서도 초창기 그림과 지금의 그림은 다르다며 진심으로 내 작업을 좋아해 주었고 작업 과정을 궁금해했다.

나는 조금씩 그림을 통한 나의 때를 꽃피워가고 있음을 느낀다. 이것은 비단 나 개인에게만 해당되는 경험이 아닐 것이다. 무슨 일을 하든지 그 일을 좋아하기만 한다면 자신의 때라고 느끼며 즐길 수 있는 순간이 온다. 그 일을 시작한 사람이 포기하지만 않는다면 말이다.

어릴 적 어머니는 항상 나에게 대기만성형이라는 말씀을 해주셨다. 대기만성이 무슨 뜻인지 모르던 꼬마였을 즈음에는 그 뜻이 궁금해 사전을 찾아본 적도 있다. 사전에 '큰 그릇은 오래 걸려 완성된다. 크게 될 사람은 늦게 성공한다'

라고 쓰여 있는 것을 발견하고는 눈이 번쩍 뜨였다. 그전까지 잘 안 되었던 모든 일의 원인을 발견하기라도 한 듯 자신감이 솟았다.

실제로 엄마의 눈에 그런 가능성이 보였는지는 모르겠다. 언제나 어머니들의 자식을 향한 기대는 합리적이지 못하니까. 하지만 대기만성형이라는 어머니의 말씀이 합당한지 근거를 찾아 타당성을 논하기에 어렸던 나는 다행히도 그 말을 절대적으로 믿었다. 뭐가 잘 안 풀릴 때마다 크게 되려고 그런 거라며 막연한 확신에 젖었다. 그 확신은 초조하고 불안해질 때마다 든든한 믿음이 되어 나를 감싸주었다.

어머니가 일러주신 네 글자는 그 어떤 말보다 편안했고 위로가 되었다. 나이가 들수록 주변을 둘러보면서 조급해지기도 했지만, 어머니 말씀 덕분에 크고 작은 실패와 좌절을 맛보았을 때, 평생 걸어가리라 생각하고 들어갔던 수도원에서 떠났을 때 절망하지 않을 수 있었다. 그림 실력이 생각만큼 성장하지 않아 속상했을 때도, 다른 친구들에 비해 늦게 공부를 시작해서 막막했을 때도 나는 천천히 완성되는 그릇이라는 생각을 품었다.

조급함은 창의적인 생각이나 활동에 독이 된다. 조급함을 비우면 내 인생에 꽃이 피는 시기가 찾아온다. 그 시기는 따뜻한 봄날일 수도 있고 눈이 오는 겨울의 끝자락일 수도 있다. 그해 통도사에서 보았던 매화는 눈이 내리는 풍경에도 꿋꿋이 피어있어 그 향이 더욱 짙었던 것은 아니었을까? 그러니 남과 비교하며 조급해하거나 불안해하지 말자. 누구나 가슴에 아직 완성되지 않은 큰 그릇을 지니고 있으니 말이다.

작은 생명의
말없는 존재감

나는 지금 강아지 세 마리와 함께 살고 있다. (세 마리라니!!!) 많기도 많다. 세 마리쯤 되니 사람이 강아지 집에 사는 건지 강아지가 사람 집에 사는 것인지 모르겠다. 이렇게 강아지들과 대가족을 이루며 살아가는 우리 집을 보면서 사람들은 우리 가족이 오래전부터 강아지를 키워오던 집이라고 여길 테지만 그랬던 것은 아니다.

학창시절엔 몇 번이고 강아지를 데려다 키우고 싶었지만, 부모님의 반대가 생각보다 완고했다. 그런 우리 집 문턱을 강아지들이 넘게 된 계기는 외할머니 덕분이다. 몇 년 전 외할머니가 유독 외로움을 타며 지내시던 시절, 그런 할머니를 지켜봐야 했던 우리 가족은 깊은 고민에 빠졌다. 그때문득 내 머릿속을 스쳐 지나간 생각은 낮에 홀로 계시는 외할머니를 위해 귀여운 강아지를 데려오면 좋겠다는 것이었다(강아지 한 마리를 키운다는 게 얼마나 힘든 일인지 전혀 모르고 쉽게 떠올린 생각임을 훗날 깨닫게 되었지만 말이다).

우리 가족은 강아지 한 마리를 데려다 외할머니 댁에 보냈고, 강아지와 하루를 지내신 외할머니는 강아지를 키우려면 손이 많이 가는데 그게 힘겹다는 고백을 하시며 꼬물거리던 녀석을 다시 우리 집으로 데려오셨다. 우여곡절 끝에 결국 강아지는 우리 집으로 들어오게 되었다. 그 후로 몇년 간격으로 강아지 두 마리가 우리 집에 둥지를 틀었다.

우리 가족이 강아지를 무려 세 마리나 키운다는 것을 알게 되면 주변에서는 힘들지 않냐고 묻는다. 물론 힘들지 않은 것은 아니지만 (강아지는 인형처럼 가만히 두면 저절로 크는 줄 알았다. 지금 돌아보면 참 무지했다. 강아지들과 생활하면서 그렇지 않다는 것을 처절하게 깨달아야 했다….) 사람을 무조건 따르고 의지하는 동물에게 받는 위로와 기쁨이 크다는 생각을 하게 된다. 사람에게서 받지 못한 위로를 강아지에게 받은 적이 있기 때문이다.

이십 대의 열정과 애정을 모두 쏟았던 수도 공동체를 떠나 다시 속세로 돌아왔을 때 나는 참 막막했고 외로웠다. 어릴 적부터 기다려왔던 삶, 갖고 있던 이상이 모두 사라지고 뚝 떨어진 느낌이었다. 어떻게 살아야 하는지 끊임없이 묻고 고민했던 그 시절은 참 많이도 우울했었다. 특별한 인생 계획도 없이 막막하던 그 시절, 혼자 가만히 방에 있는 것 이외에는 하고 싶은 일도, 만나고 싶은 사람도 없었다.

그렇게 하루가 지나고 일주일이 넘어 한 달이 흘렀다. 우울함은 나를 더욱 가두었고 나 스스로가 초라하게 느껴졌다. 그날 아침도 그런 비슷한 감정 어디쯤에서 헤맸다. 그러다 갑자기 눈물이 쏟아졌다. 이유도 모르고 울고 있는데 발등 위에 촉촉한 무언가가 닿는 느낌이 들었다.

울음을 멈추고 고개를 들어보니 우리 집 강아지 중 체구가 가장 작은 녀석이 내 방에 들어와 있었다. 녀석은 무슨 말이 하고 싶은 건지 내 발등을 자신의 촉촉한 코로 탐색하더니 이윽고 내 손등에 떨어진 눈물을 핥아주었다. 그리고 말없이 자신을 바라보는 내 옆에서 한참을 앉아 있었다. 한 달이 지나도록 무기력했던 나는 그토록 작은 생명체의 말없는 존재감에 자리를 털고 일어나야겠다는 마음을 갖게 되었다.

'위로'라는 한 단어로 표현하기는 부족한 어떤 도움을 경험한 듯했다. 그 사건은 내게 큰 전환점이 되었다. 동물을 좋아했지만, 함께 살아가는 것에 대해 별 관심이 없던 내가 살아있는 모든 것에 관심을 보이기 시작한 것이다.

분명 살아있는 생명체가 우리에게 주는 힘이 있다. 무비판적이고 말이 없으며 본능적으로 살아가는 동물, 말없이 존재하는 식물 등 자연은 사람에게서 받지 못하는 엄청난 힘을 주기도 한다. 그러고 보면 낯선 땅에서 살았던 지난 시간 동안 자연과 함께여서 외롭지 않았던 것 같다.

낯선 땅에서의 나는 화분 하나 없고 움직이는 생명체도 없는 방에 갇혀 살았다. 공간의 제약으로 강아지나 고양이는 물론이고 금붕어조차 함께 살기 어려운 상황이었다. 그 방을 둘러보다 보면 어떤 날은 지구 위에 혼자 남겨진 듯한 깊은 고독감이 밀려왔다. 그때 나는 집에서 가까운 공원에 자주 나가곤 했다. 그곳에서 산책을 하다 보면 큰 나무와 이름 모를 꽃들 그리고 때때로 만나는 길고양이들, 심지어 비 오기 전 줄지어 걷는 개미들도 마음에 위안이 되었다.

돌아가신 외할머니도 꽃을 참 좋아하셨다. 평소 볕이 잘 드는 곳에 나가 꽃을 들여다보고 나무를 관찰하길 즐기셨다. 병원에 입원하셨을 때는 외할머니 병실 침대 옆에 놓인 작은 병에 시들어 가는 꽃들이 저마다 줄기에 스카프를 두르듯이 휴지를 두르고 연결되어 있었다.

무슨 상황인가 싶어 당황했는데, 외할머니에게 자초지종

을 들어보니 이해가 됐다. 종종 병원에서 꽃다발을 발견하셨는데 그때마다 시들어서 버려지는 꽃들이 안타까워 하루라도 더 머물라고 묶어두셨다는 이야기를 해주셨다. 무료한 병원 생활에서 꽃을 보며 힘을 얻으신다고 했다. 그렇다 보니 시들어 가는 꽃들이 안타깝고 아쉬우셨던 것이다.

오랜만에 지인의 집에 방문했을 때도 그의 책상 한구석을 차지하고 있는 작은 화분 하나를 발견한 적이 있다. 바쁘게 살아가는 그의 삶처럼 집안 곳곳은 처리해야 할 서류와 일로 가득했지만, 그런 그의 집에 있던 화분 속 식물은 지인이 붙여준 이름도 갖고 있었다.

지인은 처음 독립해서 살았을 때부터 함께 지낸 화초라고 했다. 그러면서 일에 치여 늦게 집에 돌아온 밤, 어두운 집에 들어설 때면 조금은 쓸쓸한 기분이 드는데 책상 위에 놓인 그 화분을 보면 혼자가 아니라는 생각마저 든다고 했다. 지인은 10여 년을 넘게 화초와 함께 이사를 다니며 동고동락했단다. 이제는 화초와의 세월이 켜켜이 쌓여 말없는 동지를 얻은 느낌이라고 했다.

처음엔 그의 말을 듣고 과장이 심하다는 마음도 들었지만, 부쩍 홈 가드닝 활동을 하는 사람들이 느끼는 것을 보며 뒤늦게 지인의 취향이 특별한 것이 아니라는 걸 깨달았다.

생명이 있는 모든 것, 살아있는 모든 존재는 자연에 속한 인간에게 위로를 준다. 과학자들은 식물과 동물을 기르면서 인간의 뇌 활동이 활발해지고 이를 통해 뇌 신경세포의 수상 돌기가 늘어난다는 연구 결과를 발표했다. 자연을 통한 치료나 치매 예방 뉴스는 신기한 뉴스가 아니다.

물론 모든 사람이 동물을 키우거나 나무와 꽃을 키울 수 있는 환경을 갖고 살아가지는 못할 것이다. 하지만 작은 화분이라도, 어항 속 작은 물고기라도 가족으로 맞이하기를 권해본다. 생명이 있는 존재를 돌보며 살아간다는 것은 때론 귀찮고 피곤한 일로 여겨질 수도 있다. 혹을 하나 더 붙이고 살아가는 일처럼 느껴질지도 모른다.

하지만 생명이 있는 존재가 주는 말없는 위로를 경험하게 된다면 우리는 힘든 일을 훌훌 털고 조금 더 빨리 일어날 수 있다. 생명이 있는 모든 것은 각자가 지닌 혼이 있다. 우리의 생명력이 깜박일 때, 삶의 의욕이 메말라 갈 때 그것이 다시 걸을 힘이 되어줄 것이다. 인디언들도 생명체가 주는 힘을 잘 알고 있었나 보다. 그들의 노래에서 내가 경험한 것을 그들 또한 경험했음을 느낀다.

나무처럼 높이 걸어라.

산처럼 강하게 살아라.

봄바람처럼 부드러워라.

네 심장에 여름날의 온기를 간직해라.

그러면 위대한 혼이 언제나 너와 함께 있으리라.

— 옛 아메리카 원주민들의 노래 중에서

잠시 나무 밑에서
쉬어야 할 때

다시 쓰는 토끼와 거북이 이야기.

토끼와 거북이가 달리기 시합을 했다. 엉금엉금 느리게 걸어오는 거북이를 보고 앞서가던 토끼는 나무 아래서 잠시 휴식을 취했다. 자다가 일어나 보니 거북이가 앞장서 걷고 있었다. 토끼는 다시 힘을 내어 달렸고 거북이를 앞질러 먼저 목적지에 도착할 수 있었다.

이 이야기는 동화책에서 읽은 토끼와 거북이 이야기와는 결말이 다르다. 원작에서는 엉금엉금 기어온 거북이를 본 토끼가 나무 밑에서 낮잠을 잤고, 그 사이 거북이가 먼저 도착한다. 나는 항상 그런 결말에 의심이 들었다. 토끼는 태양이 뜨거울 때 낮잠을 잤고 휴식을 취해 힘이 더 보충됐을 터이고, 거북이는 쉬지 않고 계속 걸었으니 지쳤을 것이다. 이런 생각을 하면 체력을 보충한 토끼가 단연코 지친 거북이를 이겼어야 현실적이다.

동화가 꼭 현실적이어야 할 이유는 없지만, 원작의 결말은 토끼에게 억울한 부분이 있다. 이 생각을 한 이후로 나는 기존의 토끼와 거북이 이야기를 각색했고 기회가 있을 때마다 새로운 이야기를 퍼뜨렸다. 휴식을 취한 토끼가 결국 목적지에 먼저 도착할 수 있었다는 결말이 진정 교훈적이고 알맞은 결말이 아닐까?

창의적 사고와 활동이 중시되고 빠르게 변화하는 현대 사회에서 멈추는 시간은 필수다. 쉼은 일을 끝마치고 여유시간에 갖는 것이 아니라 일을 하면서 그 일에 더 집중하고 새로운 아이디어를 이끌려면 반드시 거쳐야 할 과정이다.

이미 워라밸, 주5일 근무라는 단어가 낯설지 않은 시대다. 사람들은 퇴근 후의 시간을 보다 개인적이고 생산적인 활동에 쓰려고 한다. 기업들 역시 일의 효율성을 높이기 위해 휴식에 관심을 두기 시작했다. 이를 반대하는 관점도 있지만 나는 사회가 이렇게 변하는 것이 자연스럽다고 생각한다. 일찍이 쉼에 관심을 가졌던 기업들도 있다. 구글은 게임을 하거나 간식을 먹을 수 있는 휴식 공간뿐만 아니라 사무 공간 인테리어까지 편안하고 친숙한 분위기로 고안했다. 그 외에도 사원들이 자기계발을 위해 공부하거나 건강을 유지하기 위해 활동한다면 그 또한 회사 차원에서 적극적으로 지원해 준다. 그렇다면, 이런 대우는 꼭 높은 연봉을 받고 특수한 일을 하는 사람들에게나 가능한 것일까?

나는 유럽의 예술 학교에서 미술이나 문화 예술에 대해 공부하면서 나와 다른 문화권에서 살아가는 사람들의 모습에도 관심이 많았다. 그중에도 나와 삶의 수준이 비슷한 보통 사람들의 생활이 궁금했다. 학교에서 수업을 듣거나 작업을 할 때 다른 학생들의 작품뿐만 아니라 그들이 무엇을 먹는지, 어떤 물건을 쓰는지, 소비 형태는 어떤지를 유심히 관찰했다. 학교를 오가거나 길을 걸으면서 버스를 운전하는 사람, 물건을 파는 사람, 나이가 많은 사람, 장애가 있는 사람, 어린아이와 청소년들, 공사장에서 일하는 사람, 음식을 만드는 사람 등 일상에서 쉽게 마주치는 사람의 모습을 놓치지 않으려 했다.

그중에서도 학교 내외부를 청소하는 사람들의 휴식 공간이 기억에 남는다. 내가 다니던 학교에는 층마다 학교 청소를 담당하는 사람이 청소하지 않는 시간에 앉아서 책을 보거나 쉴 수 있는 공간이 있었다. 거기에는 책상과 의자, 냉

방기, 온열기가 비치되어 있었다. 청소하는 사람들은 점심 시간이 되면 자연스럽게 휴식 공간에 모여 식사를 즐겼다. 학생들에게 자신들의 모습을 숨기지 않았고 누구든지 볼 수 있는 장소에서 일하고 쉬었다. 이런 모습에 유독 눈길이 가고 관심이 갔던 것은 비슷한 경험이 있었기 때문이다.

수도원에서 나와 아파트 청소를 했던 적이 있다. 그때 함께 청소를 하던 사람들과 내게 주어진 휴식 공간은 지하 주차장에 딸린 보일러실이었다. 보일러실 천장에는 알 수 없는 여러 가지 관들이 연결돼 있었고, 평균 키의 성인이 똑바로 설 수도 없는 높이였다. 허리를 구부리고 움직여야 할 만큼 좁은 장소에서 식사를 해결하고 짧게 휴식을 취했다. 겨울에는 사방의 콘크리트 사이로 냉기가 뿜어져 나왔고, 여름에는 환기가 되지 않아 습하고 갑갑했다.

그때는 쉴 수 있는 별도의 공간이 있다는 것만으로 점심 시간이나 일과 중에 잠시 휴식을 취할 수 있어서 고마웠다. 이제는 사람에 대한 이해와 경험이 더해지면서 기억 속에 남아 있는 그때의 휴식 공간이 슬프고 고단하게 느껴진다.

휴식 시간은 모든 사람에게 꼭 필요하다. 창의적인 활동을 하는 사람에게는 물론이고 창의적 인재를 요구하는 시대에 기본적으로 전제되어야 할 조건이다. 우리는 몰입의 시간과 멈추어 쉬는 시간을 적절히 배분해야 한다.

언젠가 어느 화가의 인터뷰를 읽은 적이 있다. 오랫동안 작품 활동을 쉬었던 그는 10년 만에 작품을 모아 전시를 하게 되었고, 사람들은 그에게 10년 동안 어떻게 지냈으며 무슨 일을 했는지를 물었다. 그는 작품을 발표하지 않았던 10년 속에 그림을 그리지 않은 시간도 포함되어 있었다고 말한다. 그러면서 그 시간도 자신에게는 그림을 그린 시간만큼 중요하다는 말을 남겼다. 이유는 그 시간을 통해 그림에 대해 새롭게 생각하고 고민할 수 있었기 때문이라고 한다.

진정한 쉼이란 무엇일까? 내가 생각하는 쉼은 '잠시 멈추어 생각과 삶을 환기하는 것'이다. 그런 시간을 통해 평소 생각하지 못했던 일에 대해 관점을 바꿔 생각해 볼 여유를 갖는 것이다. 앞으로만 나아가던 속도를 줄이고 걸어온 길을 돌아보는 행위이기도 하다.

글을 쓰는 사람은 퇴고할 때, 음악을 만드는 사람은 작곡한 곡을 다시 수정할 때 작업물과 잠시 떨어지는 시간을 갖는다. 멈춤의 시간은 여백이 되고 그 비어 있는 시간 사이로 새로운 공기가 들어온다. 그렇게 멈췄다가 다시 자신이 썼던 글을 보거나 만든 곡을 들어보면 전에는 보이지 않던 어색함이 보이고 미처 생각하지 못했던 아이디어가 떠오르기도 한다.

　나무 밑에서 휴식을 취하던 토끼가 한낮의 더위를 극복하고 엉금엉금 목적지까지 걸어간 거북이에게 졌다는 이야기는 수정이 필요한 시대가 되었다. 뜨거운 태양이 내리쬐던 때에 나무 밑에서 충분한 휴식을 취하고 다시 힘을 내어 달려간 토끼가 이겼다는 결말이 자연스럽다. 언덕을 만나 숨이 차고 밀려오는 일에 지치고 짜증난다면, 잠시 나무 밑으로 가야 할 때가 다가온 것이다. 조금 더 창의적이고 즐거운 인생을 위하여.

빨간 별과
파란 별

벌써 오래전 일이다. 여름 휴가를 섬에서 보낸 적이 있다. 맑고 쾌청한 날씨 덕분에 우리 가족은 휴가 기간 동안 하늘에 떠 있는 수많은 별을 볼 수 있었다. 그때까지만 해도 나는 별이 모두 노란색인 줄 알았다. 별에게 특별히 다른 색이 존재할 거라고 생각하지 못했다. 그런데 마침 숙소에 별을 관찰할 수 있는 천체망원경이 있었다. 망원경을 발견한 오빠는 이리저리 망원경을 맞추더니 별이 정말 잘 보인다며 빨간 별과 파란 별에 대한 이야기를 해 주었다. 나는 오빠의 이야기에 깜짝 놀랐고 믿을 수 없었다. 빨간 별과 파란 별이 있다니! 내 두 눈으로 꼭 확인해야겠다는 생각으로 망원경을 들여다보니 놀랍게도 그 안에는 빨간 별과 파란 별이 있었다. 노란색 별이 아닌 다른 색을 가진 별이 있다는 사실에 과학적인 이유마저 궁금해졌다. 오빠는 별의 색이 다르게 보이는 이유가 표면 온도의 차이 때문이라고 했다. 그리고 각 별에서 오는 빛 또한 모두 고유한 스펙트럼을 가지고 있으며 그 안에는 그 별의 정보가 있다고 했다. 따라서 그런 스펙트럼을 분석하면 표면 온도나 구성 물질 등에 관한 정보를 얻을 수 있다는 설명이었다. 이런 스펙트럼에 대한 연구를 통해 우리는 우주에 대해 조금 더 알 수 있다고 한다.

빨간 별과 파란 별의 이야기는 단순히 천문학적인 사실을 넘어 인간 세상에 대한 이야기를 들려주고 있다. 다양성은 인간 세상에만 부합되는 원리가 아니라 지구를 넘어 이미 우주에 존재하고 있는 원리이다. 다양성이 말살된 생태계는 존재하지 않으며 다양성이 결여된 우주의 법칙은 없다. 그런데 우리는 밤하늘이 말해주는 다양성을 잘 잊어버린다. 너무 쉽게 판단하고 편을 가른다.

요즘처럼 개인의 창작 활동이 활발하게 이뤄지는 시대에 벗어버려야 할 흑백논리의 관점은 아직도 사회 곳곳에 그리고 개인의 의식 저변에 남아 있다. 이런 생각들은 창의적 사고와 새로운 아이디어를 이끌어 내는 데 큰 방해 요소가 된다. 극단적 사고는 생각의 범위를 축소시키고 새로운 발상을 제한한다.

각자가 좋아하는 창의적 활동을 시작하고 배우면서 사람들은 자신의 창의적 결과물에 대한 끊임없는 자기 검열과 평가를 한다. 물론 그런 자기비판과 검열이 어느 정도 필요한 건 사실이다. 그러나 지나친 자기비판과 검열은 그런 활동을 지속하려는 의욕을 꺾어버린다. 새로운 시도를 주저하고 포기하게 만든다. 이런 퇴행적 결과는 극단적인 사고와 편협한 관점에서 기인한다.

이분법적 사고는 창의적 활동을 할 때만이 아니라 우리가 살아갈 때도 지양해야 할 삶의 태도이다. 그런데 일상생활을 할 때는 나 자신이 이분법적 사고를 지니고 살아간다는 사실을 잘 인식하지 못한다. 오랫동안 답이 있는 문제를 풀고 해결하는 교육에 길들여진 까닭이기도 하며 관점의 확장을 하지 못한 결과이기도 하다.

나도 오랫동안 흑과 백, 모 아니면 도와 같은 극단적 사고를 유지해 왔었다. 수도원에 있을 때는 하늘의 뜻과 그렇지 않은 일, 선과 악이라는 이름으로 모든 것을 무의식적으로 나누며 살아왔다. 그러다 보니 내가 추구하는 삶을 살지 않는 사람에 대한 이해가 없었고 그렇지 않은 사람들을 끊임없이 판단해왔던 것이다. 사실 이런 삶의 태도는 너무나 폭력적인 모습이다. 그런 삶의 태도에는 인간에 대한 포용이나 이해, 타인을 향한 존중은 존재하지 않았다.

부끄럽지만 나의 이십 대는 이런 미성숙한 모습의 연속이었다. 내면에 옹색한 관점과 마음이 남아 있었기 때문에 나와 의견이 같아서 친한 사람이 아닌 사람들은 모두 이해할 수 없는 '적'이었다. 그런 이분법적 사고는 나의 내면을 메마르게 했고 나를 옭아매었다. 그때 내가 바라본 세상은 아름답거나 풍요로운 세상이 아니었다. 그저 답답하고 이해할 수 없는 인간들로 가득 찬 공간일 뿐이었다. 흑과 백으로 모든 것을 구분하던 시기에는 나와 다른 생각을 가진 사람에 대한 경청을 할 수 없었다. 그만큼 나는 내 사고의 틀에 갇혀 살았다. 그랬던 내 삶이 조금씩 변화할 수 있었던 것은 예술 활동에 관심을 가지면서부터다.

우리는 예술 활동을 통해 이분법적 사고로부터 탈출할 수 있다. 사고의 확장과 관점의 변화가 단순히 창의적 활동뿐만 아니라 내 삶에 변화를 가져온다는 의미이기도 하다. 처음에는 나도 사진처럼 그려진 그림들을 좋아했다. 사실적인 그림이 신기하기도 하고 어떻게 그렇게 표현할 수 있는지 화가의 능력이 놀랍기도 했다. 나도 그런 그림들을 그릴 수 있으면 좋겠다는 바람을 가져보았다. 그렇게 똑같이 재현해 내는 모사 연습을 이어가던 어느 날 내 안에서 문득 의문이 들었다.

'잘 그린 그림은 무엇이고 못 그린 그림은 무엇일까?'

나는 그때까지 그림도 두 가지 틀로만 나누어 생각하고 있었다. 그림을 처음 배우기 시작했을 때 내 기준에서 '잘 그린 그림은 어떤 것을 사진처럼 똑같이 재현해 낸 그림, 못 그린 그림은 똑같이 묘사해내지 못한 그림'이었다. 그런데 실제로 그런 기준은 어디에도 존재하지 않았다. 그런 관점을 모두 무너뜨리고 다시 세상의 그림들을 보기 시작했다. 세상에는 정말 다양한 그림과 예술 그리고 그것을 창작해 내는 사람들이 있었다. 나에게 그것은 작은 혁명이었다. 비단 그림만이 아니라 다른 창작 활동에 대해서도 마찬가지다. 창의적 활동에는 우열의 평가가 어울리지 않는다. 단지 나에게 좀 더 매력적으로 다가오는 어떤 작품이나 활동이 있을 뿐이다.

대체로 그림을 처음 시작하는 사람일수록 실제로 존재하는 사물과 흡사하게 묘사된 그림을 '잘' 그렸다고 생각한다. 그리고 실제로 존재하는 것과 똑같지 않으면 못 그린 그림이라고 생각한다. 따라서 그림을 배울 때 똑같이 묘사해내는 능력이 부족하다고 느끼면 자신은 그림에 소질이 없다고 단정한다. 똑같이 재현해 낼 수 있는 능력은 분명 '묘사력'이라는 재능임에는 틀림없다. 그러나 그것이 미술 활동의 절대적인 기준은 아니다. 묘사력이 뛰어나면 자신의 머릿속 구상을 조금 더 구체적으로 표현할 수 있는 것이기에 미술 활동을 할 때 유용한 것은 사실이지만 창의적 활동은 묘사력만으로 이루어지지 않는다. 글을 쓰거나 음악을 만들고 사진을 찍고 춤으로 자신을 표현하는 등 모든 창의적 활동은 이와 같다. 창의적 활동은 흑과 백으로 구분 지어 평가할 수 있는 분야가 아니다.

이분법적 사고로부터 자유로워졌을 때 내가 제일 먼저 내뱉은 말은 "아름답다"였다. 세상에 존재하는 모든 것에 대해 다양성을 인정하게 되면서 나는 세상이 다양한 사람들과 각기 다른 생물들로 이루어져 있다는 사실이 눈물겹도록 감사했다. 그리고 그 아름다움을 발견하면서부터 나는 자유로워졌다. 판단하거나 미워할 '적'이 모두 사라진 것이다. 그때부터 나는 다른 사람들이 만든 작품이나 창의적 활동, 나아가 삶의 모습을 존중하고 아름답게 바라볼 수 있게 되었다.

보다 다양한 사람들이 각자가 좋아하는 창의적인 일을

발견하고 이어갔으면 하는 바람은 다양성이 존중받는 세상을 꿈꾸는 마음에서 시작되었다. 사람들의 개성을 마음껏 표출할 수 있는 기회는 창의적 활동, 즉 예술 활동을 통해 실현되기 쉽다. 그 안에는 어떠한 제약도 없으며 어떠한 강요도 존재하지 않는다. 그리고 사람들은 자신이 직접 창의적 활동에 참여해 봄으로써 그것의 가치를 깨닫게 된다. 이는 타인에 대한 인정과 존중, 이해를 가져온다.

이분법적 사고로부터의 탈출, 그것은 자유다.

사람을
이해하는 일

사람을 칼로 여러 번 찔렀다.
그것도 등 뒤에서 말이다.

사춘기에 썼던 일기장 한 귀퉁이에 적어 놓은 나의 이야기다. 그날을 또렷이 기억한다. 아버지와 고성을 주고받고 잠든 날의 꿈이 그랬다. 꿈속에서 나는 사람을 칼로 찔렀다. 얼굴을 보지 않았기 때문에 정확히 누구라고 단정 지을 수 없지만 고성이 오간 날의 내 심정은 누군가를 죽이고 싶을 만큼 분노에 차 있었다. 그런 꿈을 꾸었다는 것만으로도 몇 날 며칠을 큰 죄책감에 시달렸다. 그리고 오랫동안 그날의 꿈 이야기는 비밀이 되었다.

수도원에 입회하고 얼마의 시간이 지났을 무렵, 비밀로 묻어두고 기억 속에서 잊혔다고 생각했던 그 꿈이 다시 떠올랐다. 수도원에서는 '끝기도'라고 부르는 일과를 다 마친 후 바치는 기도 시간이 있다. 끝기도 이후에는 특별한 일이 아니면 다음 날 아침까지 침묵을 유지하며 보낸다. 나는 개인적으로 끝기도 이후의 고요한 밤 시간을 좋아했다. 그래서 그시절 취침하기 전까지의 시간은 침묵을 지키며 보냈다. 그 시간은 무엇을 위한 기원이라기보다는 침묵 자체에 나를 맡기고 머무르는 것을 의미한다. 마치 흙이 들어가서 뿌옇게 흐려진 물을 가만히 두면 흙이 가라앉아 어느새 위에는 맑은 물이 남고 아래는 흙이 가라앉는 것처럼 고요함 속에 나를 두었다. 그렇게 한참을 머물면 마음이 하루의 일들을 가라앉히고 내 안에 중요한 문제들이나 생각들을 떠올려 준다. 그럴 때 떠오르는 대부분의 것은 내가 자세히 보아야 할 것들이다.

그날도 그랬다. 내가 누군가를 칼로 찌르는 꿈을 깊은 침묵 안에 머물면서 다시 보게 되었다. 인정하고 싶지 않았지만 사춘기를 겪으면서 아버지를 미워했었다. 그 사실이 내 자신에게 도저히 용납되지 않았다. 이성으로는 아버지가 우리 가족과 나를 위해 얼마나 열심히 사셨는지 알았기에 그런 마음을 품은 나 자신을 용서할 수 없었다. 아니라고 부정하면 할수록 사람을 죽이는 꿈이 더욱 선명하게 떠올랐다. 하필 그 꿈을 꾼 날은 아버지와 큰 다툼이 있었던 날이었기 때문에 내 안에 죄책감이 무겁게 자리 잡았다. 사람을 죽일 만큼의 큰 분노를 품을 수 있는 내 자신이 무서웠고 끔찍했다. 한참을 그렇게 괴로워한 끝에 나는 아버지가 미웠다는 사실을 인정했다.

아버지가 미웠다는 말을 입으로 내뱉는 순간 주체할 수 없는 울음이 터져 나왔다. 나의 사춘기 시절 아버지가 언성을 높이던 모습부터 자상하고 헌신적인 모습까지 마치 한 편의 영화처럼 지나갔다. 그 영화 같은 장면들이 마음속에 스쳐 갈 동안 나는 영화관의 관람객처럼 나와 아버지를 제3자가 되어 지켜보고 있었다. 영화 속 아버지는 아주 젊었다. 인간적인 약함과 한계를 가진 보통 사람이었다. 그 보통의 젊은 사람이 한 생명을 가지면서 아버지가 되었고, 아버지로서의 삶은 처음이라 서툴렀다. 딸을 너무 사랑했기 때문에 자신의 관점에서 어린 딸에게 도움이 되지 않는 상황이라 여겨지면 말려야 했다. 딸은 어렸기 때문에 그런 아버지를 이해하지 못했다. 그런 관점의 차이는 갈등이 되고 때때로 언성을 높이는 사건으로까지 발전했다. 아버지는 소리를 질러서라도 딸을 보호하고 안전하게 키우고 싶었다. 그걸 알지 못했던 어린 딸은 아버지의 모습에 상처를 입었다.

영화는 지루할 만큼 똑같은 패턴으로 반복되었다. 이 반복되는 패턴의 바탕에는 딸을 너무나 사랑하는 아버지가 있었다. 그가 사랑을 하는 방법은 때때로 투박하고 서툴렀지만 그가 딸을 사랑하는 마음이 그를 '아버지'라고 특별하게 이름 붙였다.

머릿속 영화는 정지 버튼을 누르고 싶을 만큼 힘겹게 지나갔다. 갈등의 모습과 동시에 아버지의 사랑이 너무나 또렷이 보였다. 그날은 밤이 깊도록 침묵 속에 머물렀다. 그리고 참 많이 울었다. 아버지를 미워했던 마음 안에는 아버지를 사랑하는 마음이 똑같이 자리하고 있었다. 아버지를 너무 사랑했기 때문에 나를 이해해 주지 못한다고 느꼈을 때 미움이 커졌던 것이다. 나는 아버지를 미워했던 만큼 아버지를 너무 사랑하고 있었다. 이 사실을 받아들이고 나니 아버지가 그립고 보고 싶어졌다.

수도원의 규칙상 수련을 받는 시간 동안은 개인적인 외출, 전화나 방문 등이 제한되기에 그리움은 더 커졌다. 당장이라도 달려가서 아버지를 만나 꼭 안아드리고 싶었다. 아버지가 우리 '아빠'여서 너무 고맙고 행복하다는 말을 하고 싶었다. 그러나 나는 수도원 밖을 나갈 수 없는 상황이었다. 고민 끝에 생각한 방법은 편지였다. 그렇게 아버지와 나의 펜팔이 시작되었다.

수도원에 있었던 6년 동안 아버지와 나는 편지로 많은 대화를 나눴다. 아버지의 마음이 편지 곳곳에 묻어났다. 나의 아버지에 대한 미움은 모두 걷히고 애틋한 마음만이 남았다. 수도원을 떠나온 이후에도 아버지는 내 생일이면 편지를 써주신다. 어느 날 아버지가 더 이상 곁에 계시지 않아서 편지를 못 받게 되면 내가 겪을 허전함에 힘들 것을 알면서도 나는 아버지의 편지를 좋아한다.

수도원에서 한 가장 큰 공부가 사람 공부인데, 나의 첫 번째 공부 대상은 아버지였다. 사람을 이해한다는 것은 단순히 지금 내 눈앞에 보이는 현재의 그 사람을 이해하는 것이 아니다. 사람을 이해한다는 것은 그 사람의 과거와 현재를 모두 읽는 것이다. 내가 끝까지 현재의 모습만으로 아버지를 이해했다면 아버지를 이토록 깊이 이해하고 사랑할 수 없었을 것이다. 나는 아버지가 머물렀던 과거를 제3자의 관점으로 보는 시간을 통해 아버지를 이해할 수 있었다. 사람을 이해한다는 것은 간단한 일이 아니며 시간이 필요하다. 우리는 너무 성급하게 누군가를 이해하려 하고 이해했

다고 말한다.

수도원에서 수련을 받는 기간 동안 함께 공부하는 사람들이 있었다. 그 사람들끼리는 특별한 유대감으로 가까워진다. 그렇게 되는 가장 큰 계기는 바로 '자신의 지난 시간을 함께 나누는 것'이다. 며칠에 걸쳐 준비하는 나눔은 자신에 대한 발견이 되며 함께 살아가는 도반에 대한 공감이 된다. 과거에 대한 나눔을 진행하기 전까지는 그저 이해되지 않던 사람인데, 나눔을 하고 나면 쉽게 판단하는 말을 하기가 어려워진다.

수도원을 떠나고 사회에 나와서도 나는 사람을 만날 때면 상대방의 이야기를 꼼꼼하게 듣는다. 그 이야기들 안에 수도원에서 도반들과 했던 인생 나눔처럼 상대방을 이해할 수 있는 재료들이 있기 때문이다. 이야기를 가만히 듣다 보면 그 속에 사람마다 살아온 행적이 담겨있다는 걸 알 수 있다. 과거에는 현재를 이해할 수 있는 단서가 들어있다. 시간이 걸리더라도 이렇게 사람을 이해하면 다른 사람들은 도저히 받아들일 수 없다고 말하는 그 사람의 독특함이 때론 그의 상처가 남긴 흔적으로 보인다.

사람을 이해하는 일은 한 사람의 역사를 마음으로 읽는 과정이다. 따라서 성급하게 상대방을 이해하려는 마음을 내려놓아야 한다. 지금의 모습으로 살기까지 모든 사람은 자신의 역사와 이야기를 가지고 있기에 함부로 누군가를 판단하거나 미워하면 안 된다.

사람이 사람을 만나 위로를 얻고 치유가 된다면 바로 이런 과거와 현재를 통합하여 이해하는 마음을 통해서일 것이다. 사람에게 상처를 줄 수 있는 것이 사람이지만 또한 그런 마음의 흔적들을 지워줄 수 있는 것 역시 사람이다. 상대방을 이해하고 받아들이다 보면 삶이 풍성해진다. 도저히 이해할 수 없는 일이 줄어든다. 어떻게 그럴 수 있느냐는 날카로운 지적 대신, 모든 것에 그럴 수 있다는 끄덕임이 늘어난다.

사람 공부는 나에게만 집중했던 시선을 타인에게로 돌리는 것이며 나를 중심으로 했던 사고를 한발 물러서서 다시 보는 것이다. 오늘도 나는 여전히 사람 공부 중이다.

민들레
국수집

'환대'

수도원에 입회하고 새로운 규칙을 많이 익혔지만 그 가운데 아직까지 마음 깊이 간직하고 있는 단어다. 나에게는 참 낯선 단어였다.

당시 내가 있던 수도원은 베네딕도라는 1500여 년 전의 수도자가 쓴 규칙을 따르는 공동체였는데, 그곳의 핵심적인 원칙 중 하나가 바로 모든 이들을 향해 열려 있는 환대의 정신이었다. 수도자들이 따르는 규칙서에는 손님을 맞이하는 것에 대한 자세한 사항을 따로 명시해 놓은 부분(베네딕도 수도 규칙 53장)이 있을 만큼 환대는 수도승들에게 중요한 가치다. 부끄럽게도 수도원에 소속되어 살아갔던 당시에는 손님을 맞이한다는 것에 대해 잘 알지 못했다. 때론 바쁜 일상 중에 사람을 맞이하는 것이 단순히 업무가 늘어나는 현실처럼 느껴졌던 경우도 많았다.

누군가를 진심으로 환영하는 것의 아름다움을 알아들은 것은 입장을 바꿔 내가 초대되었을 때였다. 그리고 세상 안에는 진정 극진한 마음으로 다른 사람을 맞이하는 많은 이들이 있었다. 그 사람들의 환대는 소박했지만 따뜻했고 간소했지만 정성스러웠다.

수도원을 나오고 얼마 지나지 않았을 때, 책을 통해 알고 있었던 인천의 '민들레 국수집'에 갔다. 배고픈 사람 누구에게나 밥을 제공한다는 거짓말 같은 곳이었다. 나는 그 믿지 못할 이야기를 두 눈으로 확인하고 싶었다. 당시에는 지금보다 더 작은 공간에서 과거 수도원에 계셨던 분이 혼자 식사 준비를 하고 설거지를 하며 식당을 운영하셨다. 나는 설거지라도 도우며 그 식당에서 일어나는 기적을 보고 싶었다. 아침 일찍 인천행 지하철을 타고 도착한 곳에는 작지만 정갈한 공간이 자리하고 있었고 간판에는 흐릿한 글씨로 '민들레 국수집'이라 적혀 있었다(후에 들은 바에 의하면 이곳을 찾아오는 사람들이 부끄럽지 않도록 일부러 눈에 잘 띄지 않게 제작하신 것이라고 한다.) 하루 동안 주방에서 뒷정리와 설거지를 돕고 싶어서 찾아왔다는 말에 선생님은 따뜻한 미소로 맞아 주셨다. 처음 방문한 곳이었지만 낯선 느낌 없이 편안한 마음으로 일손을 도울 수 있었다. 그러면서 그곳에 오는 손님들과 그들을 맞이하는 선생님의 모습을 찬찬히 바라볼 기회도 얻었다. 식사를 위한 반찬이며 밥, 국을 준비하시는 모습부터 정성이 느껴졌다. 식당 안은 금세 맛있는 냄새와 따뜻한 반찬들로 가득 찼다.

그곳을 찾아오는 사람들은 모두 '손님'이라 불렸는데 식사 값을 걱정하지 않고 밥을 먹을 수 있음을 고마워했다. 때론 퉁명스럽고 거친 손님들도 있었지만 그들을 맞이하는 선생님의 태도에는 변함이 없었다. 종일 식사를 준비하고 손님들의 치다꺼리를 하는 선생님은 짜증도 피곤한 기색도 없었다. 돌아오는 길에 선생님의 입에서 한 번도 나오지 않은 단어 '환대'가 가슴에서 크게 울리고 있었다. 민들레 국수집은 내가 '환대'를 목격한 첫 번째 장소였다.

두 번째로 나에게 사람을 환대하는 모습을 보여준 사람은 가난한 자가 사는 세상에 들어가 그들과 똑같은 삶의 형태를 갖추고 살아가는 공동체의 수도자들이다. 그들은 집도 옷도 그 무엇 하나 특별하지 않다. 그리하여 사람들은 그저 세상을 살아가는 아낙네들이라고 여긴다. 하지만 그들은 조금 특별한 방법으로 수도 생활을 하며 자신들이 믿는 바를 삶으로 드러내는 이들이다. 나는 감사한 인연으로 그 수도자들과 우정을 맺을 수 있었는데, 내가 그 공동체를 유독 좋아하는 이유는 '찾아오는 모든 이에게 열려 있는' 태도 때문이다.

나는 이 가난한 수도자들을 찾아갈 때 전화를 하거나 따로 약속을 잡지 않고 무턱대고 가는 경우가 많다. 그것은 미리 약속을 하고 방문하는 것이 예의임을 몰라서가 아니라 언제든지 맞아주는 그들의 따뜻함이 각박한 일상에 지친 몸과 마음, 영혼까지 보듬어주기 때문이다. 그들은 언제 달려가도 잘 왔다며 맞아주고 식사 시간이면 밥상에 수저 하나 더 보태어 따뜻한 밥을 정성껏 내어주는 사람들이다. 그들은 '환대'를 살고 있었다.

삶의 시간들을 지나오면서 나는 내가 이렇게 경험한 환대를 어떻게 실천하며 살 수 있을지 고민했다. 내가 할 수 있는 환영의 몸짓은 그리 많지 않다. 나는 배고픈 이들을 위해 거저 밥을 주는 식당을 당장 열 용기도 없다. 그렇다면 내가 일상 안에서 실천할 수 있는 환대는 무엇일까?

그 시작은 만나는 사람마다 들려주는 이야기를 잘 경청하고 마음으로 듣는 것이었다. 듣는 것은 모든 일의 시작이

다. 사람과 사람이 만나는 일도 잘 듣는 것에서 올바른 방향으로 나아갈 수 있다. 앞으로 얼마나 다양한 사람을 만날지는 모르지만 적어도 내가 보고 느꼈던 환대를 흉내 낼 수는 있을 것 같았다. 나보다 앞서 걸어가는 사람들의 모습에서 용기와 지혜를 얻어 구체화할 꿈도 꾸어본다.

요즘이야 그래도 많아졌지만 몇 년 전만 해도 문화 예술을 경험하고 나눌 장소와 기회가 많지 않았다. 나아가 그런 기회가 있다 해도 예술은 값비싼 겨울 코트처럼 어떤 이들은 바라보지도 않는 영역으로 굳어져 버렸다. 그러나 창의적 활동은 소수의 여유가 있는 사람들의 전유물이 아니다. 문화 예술 활동은 모두가 마땅히 즐겨야 할 권리이다. 바로 이 지점에서 나는 내가 사람들을 맞이하고 환영할 자리를 찾아가고 있다.

퇴근 후 틈틈이 함께 모여 그린 그림으로 의미 있는 일을 하고, 함께 음악과 문학에 대해 나누며, 문화생활에 소외된 사람들을 찾아가 창의적 활동을 공유하는 그런 시간을 꿈꾼다. 단순히 생각으로 멈춰있는 꿈이 아니라 매일 자라고 구체화되는 현실이다.

문화와 예술, 나아가 창의적 활동을 좋아하는 그 모든 이들을 환영한다!

우리는 달라서
아름답다

나에게는 오래된 마음의 짐이 있다.

여덟 살 때다. 그날은 토요일이었는데 당시만 해도 토요일엔 생일파티 초대가 빈번했다. 어쩌다 생일파티 초대가 없는 날은 어머니 손을 잡고 쫄래쫄래 시장에 가곤 했다. 때마침 동네 아주머니가 지나가는 어머니와 나를 향해 반갑게 인사하셨다. 나는 아주머니의 친근한 인사가 오히려 부담스러워서 어머니 손을 꼭 잡고 반쯤 몸을 숨겼다. 아주머니는 부끄럼이 많고 낯가림이 심한 나를 보시고는 당신의 딸과 또래이니 토요일마다 어린이 미사에 함께 가는 건 어떠냐고 제안하셨다. 그렇게 아이들의 친분과 관계없이 함께 성당에 가는 약속이 잡혔다. 살아가다 보면 소소한 일상의 선택이 커다란 변화를 만들기도 한다. 지금 와서 돌아보면 그날의 만남이 내 삶의 결정적 전환점이 되었다.

어린이들을 위한 미사와 교리는 4시부터 시작이었는데 아주머니의 딸은 나에게 2시에 만나자고 했다. 어린이 미사를 처음 가보는 나로서는 일찍 만나는 이유를 모르기에 친구에게 전적으로 의지한 채 따라갔다. 약속 장소에서 만난 그 친구는 내 손을 꼭 잡고 성당까지 걸어가긴 했지만 거기까지였다. 한마디 말도 없이 함께 걸어가다 성당 문 앞에서 잡은 손을 망설임 없이 놓았다. 그리고 이미 친하게 지내는 친구들과 함께 어디론가 가버렸다.

나는 말 한마디 건네주는 사람 없이 덩그러니 성당 앞에 남겨졌다. 다시 집으로 돌아가자니 혹시 어머니가 이런 상황을 알고 속상해하실까 봐 걱정이 되었다. 그래서 집으로 돌아가지 않고 조용한 성당 안으로 들어갔다. 성당 안은 고요했고 뜨거운 바깥과는 달리 시원했다. 나를 혼자 남겨두고 사라졌던 친구들이 어느새 성당 마당에서 놀고 있는 소리가 들렸다. 내가 용기 내어 아이들에게 함께 놀자고 했으면 어땠을까 하는 아쉬움도 있었다. 하지만 새로운 무리에 들어간다는 것은 어렵고 낯선 일이었다. 어린아이들의 세상이었지만 그 무리에 들어가지 못하고 혼자 남겨졌다는 것이 슬펐다. 그때까지 살면서 한 번도 경험해보지 못한 일이었다. 목구멍이 울먹울먹했다. 왜 혼자 남겨져야 했는지 이유도 모르고 홀로 남겨진 마음은 원망이나 미움이 들어올 틈새도 없이 마음 깊은 곳으로 침잠했다. 그렇게 한참을 조용한 성당에 앉아 있었다.

친구가 없다는 게 어떤 마음인지 그때 처음 알았다. 아무도 친구가 되어주지 않아서 홀로 남겨진다는 것, 당시에는 그것을 표현하는 단어를 알지 못했다. 하지만 그런 복잡한 심경을 경험하는 것은 참으로 슬픈 일이라고 생각했다. 나처럼 무리에 들어가지 못하는 사람이 존재한다면 친구가 되어주고 싶었다.

여느 토요일과 같은 세상의 풍경이었지만 처음 경험한 외로움이 남았던 오후였다. 어린 나이였기에 그 시간이 확대되어 더 크게 다가온 것일 수 있지만, 삶은 그런 해석의 오류도 포함하여 만들어지는 것이다. 외형적으로 달라진 것은 아무것도 없었지만 그날 이후 나는 조금 더 생각이 많아지고 말수가 줄었다. 그리고 동네 근처 풀밭에 혼자 누워 하늘을 바라보는 시간이 늘었다. 그 시절 흐릿하게 마음에 뿌리내리기 시작한 것은 소외되는 사람이 없는 세상에 대한 꿈이었다. 주변 사람들과 섞이지 못하고 홀로 남겨진다는 것은 아픈 일이다.

그 사건을 계기로 나는 어려운 환경과 상황에 처한 사람들에 대한 관심과 미안함이 동시에 생겼다. 매스컴을 통해서든 직접 목격하고 만나게 된 사람들이든 나의 주관적 판단에서 힘겹게 살아가는 사람들을 볼 때마다 그들에 대한 마음의 무거움이 깊어갔다. 모든 사람이 비슷한 환경에서 살아가는 것이 아니라는 사실은 현실이면서도 충격이었다. 그런 마음 때문에 내게 주어진 평범한 일상 안에서 가끔 누리는 문화생활이나 여가가 다른 누군가에게는 겪어보지 못한 사치가 아닐까 생각했다. 그러다 보니 금욕주의자가 되어 내 안에 남아 있던 아름다움과 예술에 대한 애정도 마음 깊이 묻어두게 되었다. 그렇게 내 삶과는 멀리 떨어진 줄만 알았던 아름다움에 대한 열망을 다시 발견한 것은 우연히 가게 된 유명 화가의 전시에서였다.

내 인생에서 중요한 선택이었던 수도생활을 포기하고 집으로 돌아왔을 때 일상생활에 마음을 붙이지 못해서 힘들었다. 그런 나의 상태를 가족들에게는 티 내지 않으려 했지만 어머니는 내가 힘들어하고 있다는 것을 알고 계셨다. 여느 날처럼 아침 식사를 마치고 돌아서는 나에게 어머니는 유명 화가의 미술 전시회에 대한 기사가 실린 신문 한 면을 건네주셨다. 나는 신문 기사를 보지도 않고 가지 않겠다고 대답했다. 하지만 어머니는 이럴 때일수록 기분 전환과 새로운 경험이 필요하다며 용돈까지 쥐여주셨다. 당시에는 버젓이 사회에 나가 내 할 일을 해야 하는데 가던 길을 포기하고 집으로 돌아왔다는 사실이 무척이나 죄송스러웠다. 부탁이라는 어머니 당부에 못 이기는 척 전시회가 열리는 예술의 전당으로 향했다.

이른 시간이었지만 전시장에는 몇몇 사람들이 있었다. 그래도 평일이라 여유로운 편이었다. 수도원에 입회하기 전에 전시회를 관람한 터라 참 오랜만이었다. 그날은 특별히 그림과 함께 화가가 일생 동안 작품을 구상하며 그린 스케치, 평소 주변 인물과 풍경을 남긴 소묘들이 전시되어 있었다. 엄청난 분량의 작품 속에서도 나는 유독 그가 일상에서 남긴 드로잉 작품과 습작에서 눈을 떼지 못했다. 그 안에는 자신이 사랑했던 여인의 모습과 마을의 풍경 등 많은 이야기가 있었다. 화가의 시선과 그 대상을 바라보는 마음이 담겨있었다. 빛바랜 종이에 때론 흔들리고 주저한 선의 흔적들이 그 소묘들의 현장성을 더욱 생생히 증언하고 있었다. 여인의 모습을 그린 드로잉도 많았는데 나는 단숨에 그 여인이 이 화가가 사랑했던 연인이었음을 눈치챘다. 사랑하지 않았다면 닿지 않았을 시선이 담겨있었고 관심과 애정이 녹아 있었다.

나는 조금씩 그의 스케치에 빨려들어갔다. 넋을 잃고 천천히 그리고 아주 자세히 보았다. 몇백 년 전 사람인 화가가 직접 설명해 주는 것도 아니었건만 그림에 담겨있는 그의 마음이 그대로 느껴져서 때론 눈물이 나기도 하고 웃음이 새어 나오기도 했다. 나는 완벽하게 그의 작품들과 함께 호흡하고 있었다. 몇 시간 동안이나 전시장에서 그림을 보면서 시간의 흐름도 잊었다. 전시장 내부가 밝지 않았다는 사실도 밖으로 나와 눈부신 햇살을 보고 나서야 알았다. 한 편의 영화를 관람한 것 같았다. 또는 집중해서 긴 소설을 읽고 나온 느낌이었다. 아니, 누군가와의 생생한 긴 만남을 마치고 나왔다는 말이 더 적절하겠다.

전시장에서 나왔음에도 그림들을 보면서 느꼈던 감정이 사라지지 않았다. 그 마음을 안고 그냥 집으로 돌아가기에는 아쉬웠다. 주변을 돌아보니 다른 전시와 공연들도 진행 중이었다. 그 종류와 분야도 다양하고 넓었다. 음악이 나오는 공연 안내 영상을 보면서 노래 부르는 사람을 가만히 바라보았다. 문득 참 다행이라는 생각이 들었다. 세상은 넓고 다양해서 모든 사람이 다 다르다는 사실이 너무 아름다웠다. 처음으로 느껴본 감정이었다. 한 번도 나와 다른 사람이 있어서 다행이라는 생각을 하지 못했다. 오히려 누군가가 나와 너무 다를 때 그 다름이 나를 힘들게 한다고 여겨왔었다. 하지만 그날은 달랐다. 다른 한편에서 열리고 있는 전시들을 보면서도 모두가 그림만 그리거나 음악만 하지 않고 누군가는 글씨로 자신의 내면을 드러내고 또 다른 누군가는 사진을 통해 세상에 이야기하고 있음이 고맙기까지 했다. 집으로 돌아오는 동안 지하철 안에서, 버스 안에서, 길 위에서 사람들의 모습을 유심히 보았다. 모든 사람이 달라서 정말 아름다웠다.

집으로 돌아온 후에도 전시회에서 느꼈던 감동은 쉬이 사라지지 않았다. 복잡했던 마음이 씻겨진 듯했다. 그 무엇도 힘든 마음에 위로가 되지 못할 거라 생각했는데 전시회와 다른 예술 분야의 다양성을 맛본 그날의 기억은 나의 가슴을 다시 뛰게 했다.

그림을 그리고 싶었다. 그 화가처럼 내가 사랑하는 삶의 모습을 이야기하고 싶은 마음이 가득 차올랐다. 어떻게 시작해야 할지는 몰랐지만 그림을 그리고 싶다는 마음이 커졌다. 그리고 그 마음은 갑자기 든 것이 아니라 내가 알지 못했던 아주 오래전부터 내 안에 있었던 씨앗처럼 느껴졌다. 그림을 그리고 싶다는 마음이 의식 위로 올라오기를 오랫동안 기다려 온 듯 주체할 수 없을 정도의 열망이 밀려오기 시작했다.

좋아하는 일을 해도
되는 걸까

전시회에 다녀오고도 며칠을 혼자 고민했다. 마음에서 '좋아하는 일을 해도 되는 걸까?'라는 질문이 멈추지 않았기 때문이다. 새로운 길을 가기 위해선 확신이 필요했다. 그림을 그리고 싶다는 마음이 커질수록 더 그랬다. 그림을 그린다는 것이 나만을 위한 일이 될까 봐 두려웠다. 예술은 자기만족이라는데 나는 다른 사람들과 함께 행복해지고 싶었다. 그림을 그리고 싶다는 마음과 자기만족으로 끝날지도 모른다는 두려움이 공존하고 있었다. 어떤 마음의 결단도 내리지 못하고 갈등만 깊어갈 때, 나는 마음의 소리를 따르기로 했다. 그림을 그리고 싶다는 간절한 바람은 다른 사람들과 함께 행복해지고 싶다는 마음의 소리도 받아들여 줄 거라는 믿음이 있었다. 이런 확신이 차오르기 시작했을 때 나는 고민을 멈추기로 했다.

'내가 좋아하는 일을 해보자.'

정해진 길도 없었지만 그림을 그리고 싶다는 마음이 강렬해 길은 어떻게든 생길 것 같았다. 돌아보니 갑자기 이런 마음이 든 것은 아니었다. 초등학교에 들어가기도 전에 나는 무지 연습장에 화단이나 길에서 흔히 볼 수 있었던 개미를 관찰하고 자주 그렸었다. 개미는 어린 나에게 강아지나 토끼처럼 친구 같은 존재였다.

동물을 유난히 좋아했던 나는 동물을 키우고 싶었지만 그럴 수 없었고 그런 마음에 찾은 것이 개미였다. 틈만 나면 땅에 얼굴을 박고 개미를 관찰했다. 혹시 개미들이 배고플까 봐 과자를 부셔서 뿌려주기도 했다. 개미들이 줄지어 과자 부스러기를 들고 땅속 집으로 들어가는 모습이 귀엽고 신기했다. 그러다 보니 자연스레 개미들이 줄지어 들어가는 땅속이 궁금했다. 땅속을 샅샅이 볼 수 없었지만 그 아래에는 개미들만의 공간이 펼쳐져 있을 거라는 재밌는 상상이 멈추질 않았다. 그때부터 땅속에 펼쳐질 개미들의 공간을 빈 연습장마다 그려 넣기 시작했다. 그런 상상에 시간이 가는 줄도 모른 채 그림을 그렸다. 엉뚱한 상상을 많이 하다 보니 이야기를 지어내는 것도 좋아하게 되었다.

　책을 좋아하시는 아버지의 영향으로 어려서부터 집에는 다양한 책들이 가득했다. 집안 가득히 있는 책을 하나둘씩 꺼내어 읽다 보니 내가 직접 이야기를 쓰면 좋겠다는 생각이 들었다. 이 생각은 열 살이 안 되었을 무렵 나의 첫 소설로 실현될 수 있었지만 다행히(?) 세 살 터울 오빠의 진지한 비평 덕분에 기억 너머로 묻어두게 되었다. 하지만 그 후에도 나는 도화지를 이어 붙여 그림책을 만들고 만화를 그리며 자랐다. 그때는 몰랐지만 창작의 욕구는 자연스러운 것이었다.

　이것은 비단 내 개인만의 추억은 아닐 것이다. 사람들은 저마다 상상하고 무엇을 만들어본 경험이 있다. 아이들을 보면 인간의 예술 본능에 대해 확신하게 된다. 만화 영화 속 등장인물을 따라 하기도 하고 그림책을 읽기만 하던 아이가 그림책을 만들고 싶어 한다. 우리는 가슴 속에 이런 창작의 욕구를 하나씩 가지고 있다. 그것이 꼭 거창한 결과물로 드러나지 않더라도 인간은 끊임없이 무언가를 만들고 이야기하고 싶어 한다. 그것은 자연스럽고 건강한 본능이다.

　개인적으로 이런 창작 활동에 처음으로 눈을 뜬 시기가 있었는데 수도원에 있을 때였다. 당시에는 창작 활동이라고 생각하지 못했다. 그저 주어진 일이기에 최선을 다했고 또 하다 보니 즐겁기도 하고 아이디어도 나왔다. 그런데 나중에 예술을 조금 더 깊이 공부하고 경험하면서 발견한 것은 내가 인식하지 못했던 그때 참으로 많은 경험을 했다는 것이다.

수도원에서는 가끔 행사가 있다. 이웃들을 초대해 진행하는 행사와 공동체 안에서 기념하고 준비하는 일들이다. 그럴 때 종교적인 의식과 함께 음식을 나누기도 하고 연극이나 춤, 사물놀이나 연주를 한다. 그런데 이때 동원되는 수도원 식구들은 전문적으로 그런 것을 배우거나 교육 받은 사람들이 아닐 때가 더 많다. 아주 드물게 그런 분야를 공부하거나 잘 알고 있는 사람이 있을 수는 있겠지만 대부분의 경우 그저 기쁨을 나눈다는 의미에서 수도자들이 기도하는 마음으로 준비한다.

소소하게는 행사가 있을 때 소품이나 장식 등을 꾸미는 일도 그것을 잘 아는 전문가이기에 하는 것이 아니라 사람들에게 고마운 마음을 나누고 기쁨을 전하기 위해서 고민하고 연구하여 준비한다. 나 역시 수도원에서 살 때 그런 행사 준비에 동참하곤 했다. 어떨 때는 몇 미터나 되는 큰 벽을 장식하기도 했고, 고마운 마음을 전하는 카드를 만들기도 했다. 새로운 것을 만들어 내는 과정은 쉽지 않았고 고민과 시도의 반복이었지만 그 과정을 지나서 무언가가 완성되었을 때는 그동안의 어려움을 다 보상받는 기분이었다.

이것뿐만 아니라 행사에 어울리는 연극과 합창, 연주에도 참여할 기회들이 있었는데 모두 처음 해보는 일이었지만 몇 달에 걸쳐 틈나는 대로 연습해서 진행했다. 그중에서도 가장 잊지 못하는 기억은 어느 가을날 벌였던 사물놀이였다. 고등학교 때도 풍물을 좋아해서 풍물패 동아리에서 활동하기도 했지만 그것뿐이었다. 그런데 수도원에 입회하여 얼마 지났을 때 이웃 어르신들을 모시고 나눔 행사를 진행하게 되었고 그 가운데 사물놀이가 있으면 좋겠다는 의견이 나왔다. 어찌하여 역할을 나누다 보니 고등학교 때 풍물패 동아리를 잠시 했었다는 이유로 내가 사물놀이 준비를 책임지게 되었다.

전문적으로 사물놀이를 하시는 선생님에게 약 2주간의 지도를 받고 연습에 들어갔다. 매일 연습을 더해가면서 함께 연주하는 사람들과 사물놀이에 매우 집중하고 있음을 깨달았다. 육체적인 움직임도 많은 연습이었기 때문에 피곤할 법도 했지만 연습을 마치고 나면 오히려 힘이 났다. 행사가 있었던 당일, 사람들의 시선이 느껴지지 않을 만큼 공연을 하는 순간은 온전히 그 안에 있었고 공연을 마친 후 온몸이 흠뻑 젖은 것을 알고서야 무슨 일이 있었는지 알았다. 그 집중과 몰두의 맛은 결코 잊을 수 없었다. 지금 돌아봐도 그날의 충만함은 잊히지 않는다. 그것 또한 예술 활동의 경험이었다.

예술은 어렵고 멀리 있는 어떤 전문가만이 독점하는 활동이 아니다. 예술은 우리 삶의 일부이며, 누구든지 할 수 있고, 하고 있는 일이다. 예술(art)의 어원은 라틴어 'ars'에서 나왔다. 'ars'는 그리스어의 'techne'라는 기술과 기능을 뜻하는 말에서 유래했는데, 처음에는 지금보다 폭넓은 의미로 쓰였다. 지금 우리가 알고 있는 미적 예술의 개념은 15세기 르네상스 시대에 시작되어 18세기에 이르러 널리 퍼지기 시작했다. 그러니까 특별한 사람들의 전유물이라 여겨지는 예술에 대한 관념은 불과 200년 정도밖에 되지 않은 것이다. 예술은 인류 역사 전체로 보았을 때 인간의 삶과 더불어 항상 존재했던 일상의 흔적이었다. 우리가 잘 알고 있는 무늬가 들어있는 토기나 벽화가 이를 반증해 준다.

나는 개인적으로 예술에 대한 정의나 인식이 너무 무겁고 진지하며 엄숙해지는 것을 좋아하지 않는다. 그것은 오히려 사람들로 하여금 아름다움에 대한 관심이나 창의적 활동을 주저하게 만들고 예술을 특별한 사람들만의 분야라고 인식하게 만들 뿐이다. 나는 예술을 우리가 만들어 내는 모든 결과물이라고 감히 정의하고 싶다. 이렇게 정의하면 예술은 더 이상 넘보지 못할 어려운 그 무엇이 아니라 친근하고 익숙한 벗으로 느껴진다.

예술이 창작의 결과물이라면 우리는 모두 예술 활동을 하면서 살아가는 사람들이다. 단지 활동 분야와 일의 결과가 세상에 주목받을 수도 있고 그렇지 않을 수도 있다는 차이가 있을 뿐이다. 자신이 살아온 이야기를 틈틈이 글로 쓰고, 혹은 주변의 아름다운 모습을 사진이나 그림으로 남기기도 할 것이다. 그것도 아니라면 기다리던 휴일이 찾아왔을 때 기타를 연주하거나 나무로 무언가 만드는 일을 할 수도 있다. 아니면 지금 어느 공책 구석에 낙서를 끄적거리기도 할 것이다. 이것은 사소하고 하찮은 일이 아니다. 쑥스러워하며 애써 손사래 칠 만한 개인적 취미만은 아닌 것이다. 이 일들을 어떻게 하느냐에 따라 지극히 사적인 기호가 예술이 된다.

나는 모든 사람이 취미로 사소하게 시작한 활동을 자신만의 예술 활동으로 이어가기를 진심으로 바란다. 나아가 사람들이 자신의 생활을 이어가는 직업을 가지고 있으면서도 화가나 작가, 가수와 사진가가 되기를 바란다. 물론 연극인이나 무용수도 좋겠다. 혹은 주말에 목공소에서 가족들을 위한 소품을 만드는 목수는 어떨까?

지금 하고 있는 자신만의 재밌는 일들이 예술 활동을 시작하는 출발점이다.

세상 모든 일에는
늦은 것도 빠른 것도 없다

"시작하기에 너무 늦은 것 아닐까요?"

사람들은 무엇을 배우기 전에 이런 질문을 한다. 그림을 배우고 싶어 하는 사람들 역시 자신의 나이를 떠올리며 늦었다는 생각을 먼저 한다. 나 역시 그런 의문과 불안을 품었었다. 고등학교를 졸업하고 10년도 더 지나서 그림을 좀 더 깊게 공부하고 싶다는 꿈이 생겼을 때 더욱 그러했다. 지나간 시간이 의미 없게 느껴졌고 모든 사람은 다 각자의 자리에서 뚜벅뚜벅 잘도 가는데, 나만 자리를 찾지 못하고 방황하는 것처럼 보였다. 고등학교를 졸업하고 바로 대학에 진학하지 않은 것부터가 이미 늦은 출발은 아닌지 돌아보게 되었다.

주변의 친구들은 하나둘 결혼을 하고 취직을 하는 시기에 다시 새로운 길을 가겠다는 생각이 무언가 세상과 동떨어진 것처럼 느껴졌다. 아무런 확신도 없는 길 앞에서 주저하고 있을 때 지금 시작하지 않으면 평생 그림을 그리거나 좋아하는 일을 시도조차 해보지 못하겠다는 생각이 들었다. 그러고 나서 '내가 늦었다고 생각하는 기준이 어디에서 온 것인지'를 살펴보았다. 사실 늦었다는 절대적 기준은 어디에도 없었다.

그러나 각오를 다지고 그림을 배우기로 마음먹었을 때 맞닥뜨린 현실은 달랐다. 고등학교를 졸업하고 진학하지 않았던 나는 그림을 전문적으로 배우기 위해 대학에 가고 싶었다. 하지만 대학에 가기 위해서는 입시를 위한 시험과 실기를 준비해야 했다. 결코 혼자서 할 수 있는 준비가 아니었다. 준비를 위해서는 학원과 다른 사람들의 도움이 필요했는데 이를 위한 비용은 아르바이트 등으로 갚아 넣기에는 엄두도 낼 수 없는 금액이었다. '그냥 혼자 그림을 공부해볼까?' 하는 마음도 들었지만, 단순히 기술적인 부분의 배움뿐 아니라 예술에 대한 식견을 넓힌다는 건 혼자 할 수 있는 영역이 아니라는 결론에 이르렀다. 수많은 곳을 기웃거리며 그 당시 나의 상황에서 그림을 배우고 예술에 대한 공부를 할 수 있는 곳을 찾았지만 알아볼수록 모든 것이 점점 더 막막해졌다.

'나는 너무 늦었다'라는 절망에 도달했을 즈음, 유럽의 예술 학교에 관한 이야기를 들을 수 있었다. 우리나라나 미국, 영국에 비해 학비가 무척 저렴하고 생활비를 아낄 수만 있다면 교육의 질도 좋다고 했다. 생활비를 아끼는 것은 자신 있었다. 문제는 언어였다. 영어도 아닌 새로운 언어를 배워야만 유럽에 있는 예술 학교에 갈 수 있었다. 대부분의 예술 학교가 입학 시 언어 능력에 대한 검증을 했다. 재학 중에 시험을 보고, 졸업하기 위해서는 영어가 아닌 그 나라의 언어 공부가 필수였다.

눈앞이 캄캄했다. 영어 책을 펼쳐보지 않은 지가 10년이 넘었는데 다시 새로운 언어를 공부한다는 것은 생각도 해보지 않은 일이었다. 하지만 다른 길은 없었다. 우리나라 예술 대학의 십 분의 일도 안 되는 비용으로 그림을 배우고 예술을 공부할 수 있다면, 새로운 문화와 환경에서 다양한 경험을 할 수 있다면 언어를 배우는 것쯤은 기꺼이 넘어주어야 할 산이었다. 언어에 대한 남다른 재능이 있다거나 자신이 있어서 할 수 있었던 선택은 아니었다. 그저 더 늦기 전에 하고 싶은 일을 하기 위해 겪어야 하는 피할 수 없는 일이라고 생각했던 것뿐이다.

몇 개의 나라들 가운데 여러 가지 이유에서 이탈리아를 선택했다. 그 나라의 언어가 그렇게 힘든 줄 알았다면 선택하지 않았을 것이다. 다행히 당시에는 몰랐기 때문에 나는 복잡한 언어를 갖고 있는 나라에 가서 그림과 예술을 공부할 수 있었다. 지금도 가끔 그때를 돌아보면 그림을 배우고 예술을 공부하고자 결심한 그 시점이 가장 적절한 시기였다는 것을 깨닫게 된다. 늦었다는 생각에 사로잡혀서 이 길을 포기했다면 삶의 모습이 어떻게 바뀌었을지 떠올려 보기도 한다. 세상 모든 일에는 늦은 것도 빠른 것도 없다. 삶을 바라보는 관점을 바꾼다면 다만 시작한 일과 시작하지 않은 일이 있을 뿐이다.

어떤 일이든 늦게 시작했다며 걱정하는 이들에게 꼭 소개하고 싶은 사람이 있다. 따뜻한 그림으로 잘 알려진 미국의 화가 모지스(애나 매리 로버트슨 모지스, Anna Mary Robertson Moses) 할머니다. 할머니는 76세에 그림을 그리기 시작하셨다! 할머니는 남편과 자녀의 죽음으로 울적하던 마음에 시작한 수놓기를 72세에 찾아온 관절염으로 더 이상 할 수 없게 되었다. 할머니가 관절염으로 수놓기를 할 수 없다는 사실에 절망하고 아무것도 하지 않았다면 우리는 오늘날 할머니의 따뜻한 그림들을 만날 수 없었을 것이다.

미국에 있는 할머니라 실감이 나지 않는 사람들이 있을 것 같아 한 분을 더 소개하고자 한다. 90세에 심심해하시는 할머니를 위해 스케치북과 크레파스를 선물한 손녀가 있었다. 할머니는 가끔 좋아하는 꽃과 주변의 사물들을 그리셨다. 그리고 특별한 일이 있었던 날이면 뒷장에 일기를 남겨 놓으셨다. 그리고 91세에 소설 『토지』를 읽기 시작하셨다. 할머니는 그 긴 소설을 다 읽으셨고 소소한 풍경이 담긴 스케치북과 일기를 남겨 놓고 떠나셨다. 이분은 나의 외할머니이시다. 비록 모지스 할머니처럼 유명한 화가나 작가가 되지는 않으셨지만, 할머니는 내게 '무언가 시작하기에 늦은 때는 없다'라는 사실을 다시 한번 확인시켜 주었다. 할머니가 생전에 남기신 짧은 일기를 볼 때면, 늦었다고 아무것도 쓰시지 않았다면 지금 남겨진 이들이 할머니의 생각을 어떻게 느낄 수 있었을까 생각해 본다.

외국에서 공부하면서 의식하지 못했던 것 중 하나는 '나이'다. 아무도 나에게 나이를 묻지 않았다. 사람들은 이름을 물었고 무슨 일을 좋아하는지를 물었다. 가끔 학교에서 친구들에게 나이를 이야기하면 모두들 농담이 지나치다며 믿지 않았다. 그럴 때마다 나는 나이를 증명해 주기 위해 신분

증을 꺼내야 했다. 이것은 나의 철없음 때문이기도 하겠지만 그만큼 사람들이 나이에 큰 의미를 두지 않는다는 뜻이다. 나이에 대한 생각을 하지 않음으로써 사람들은 생각으로 인한 노화를 겪지 않았다. 생각으로 인한 노화란, 자신의 나이를 상기하며 행동이나 생각에 제약을 두는 것이다. 그랬기 때문에 사람들은 생각이나 사고가 비슷하고 서로 통하면 누구든 친구가 되었다. 나이 차이로 관계가 불편할 이유는 없었다.

함께 공부했던 학생들 중에는 60세가 넘은 피부과 의사 아저씨도 있었다. 그는 오전에는 학교에서 공부를 하고 오후에는 진료를 봤다. 60세가 넘자 '하고 싶은 일을 더 이상 미루면 안 되겠다'라는 마음에서 입학하게 되었다고 했다. 손자와 손녀가 7명이라는 아주머니는 평생 다니던 직장에서 은퇴하고 나서 예술 학교에 입학했는데, 10년 뒤에 개인전을 여는 것이 꿈이라고 했다. 트럭을 운전하는 아저씨는 인체를 그리는 재미에 푹 빠져 학교에 입학하지 않아도 들을 수 있는 크로키 수업을 찾아 왔고 틈틈이 그림을 그렸다. 아저씨에게 그림은 바쁘고 힘든 일상에서 새로움과 활력을 얻는 통로였다. 아저씨의 그림 실력은 수준급이었는데 50세 생일에 딸이 선물해준 목탄과 스케치북이 그 시작이었다고 했다.

　나이가 들어서 공부를 하거나 새로운 것을 배우면 어릴 때만큼 빠른 속도로 흡수할 수 없다. 그리고 밤을 새워가며 암기를 한다거나 먹지 않고 학습하는 등의 초인적 능력을 발휘하기도 어렵다. 하지만 나이가 들어서 공부한다는 것이 꼭 어렵고 불편하며 느린 것만은 아니다. 살아온 시간 만큼의 경험이 주는 안목이 있고 이해가 존재한다. 그리고 늦게 시작하는 공부는 대부분 자신의 의지와 뜻이 분명하기에 즐거움이 더 크다.

　삶을 경쟁 구도로 바라보면 우리는 많은 부분 다른 사람보다 늦었거나 출발선에서 불리할 수 있다. 시작하기에 알맞지 않은 조건이기도 할 것이다. 그러나 우리가 살아가는 세상을 좀 더 넓은 눈으로 바라보면 세상은 약육강식의 경쟁 구도가 아니다. 경쟁 구도에서는 목표를 가장 빠르게 달성하는 승자와 패자만 남을 뿐이다. 그러나 모든 사람이 각자의 모습과 색깔로 살아가는 세상으로 바라보면 사람들은 오직 자신만이 할 수 있는 이야기로, 자신의 색깔로 빛난다. 여기에는 승자도 패자도 없다. 그러니 빠른 도착도 늦은 출발도 없다.

　이번 생은 틀렸다고 포기하는 일이 없었으면 좋겠다. 아직 살아 숨 쉬는 동안은 다시 시작할 수 있고 새로운 것을 시도할 수 있다. 가장 늦은 출발은 시도해 보지도 않고 포기하는 마음뿐이다.

무엇을 그리고 싶은지 알려면
그리기 시작해야 한다.

— 파블로 피카소

Part 2.

이탈리아 예술 학교

예술은
외롭지 않은 길이다

1인 가구가 500만을 넘는 시대다. 10여 년 전만 하더라도 비 오는 날 삼겹살이 먹고 싶어서 혼자 식당에 들어간 나에게 주인아주머니가 혼자 먹으러 왔느냐는 질문을 몇 번이나 반복했다. 지금은 혼자 고기를 먹는 사람들이 심심치 않게 있고 심지어 1인을 위한 고깃집도 생겼지만, 당시만 해도 고깃집에 들어와 혼자 먹는 풍경이 흔했던 시절은 아니었다.

혼자가 익숙해진 시대지만 사람은 누구나 외로움을 느낀다. 외로움과 함께 이 시대를 살고 있는 우리를 자주 지배하는 감정은 '우울'이다. 상당히 많은 사람이 원인도 모르는 우울감에서 허우적거리며 힘들어한다. 그런데 우울함은 외로움과 무관하지 않다. 우울한 상태가 모두 외로움 때문이라고 단정 지을 수는 없지만 외로움과 우울함은 떼어 놓을 수 없다. 외로움은 우리가 살아가면서 맺는 인간관계와 밀접한 관련이 있는데, 그것은 외로움이 관계로부터 느끼게 되는 감정 반응이기 때문이다. 사람은 누구나 따뜻한 보살핌과 관심을 받고자 한다. 그것은 본능적 욕구이며 누구도 예외가 없다.

외로움은 신체적 건강과도 관련이 있는데 외로움을 잘 느끼는 사람은 스트레스에 취약하다. 외로움과 호르몬에 관한 연구 결과에 따르면 외로운 사람은 그렇지 않은 사람에 비해 스트레스 호르몬인 코르티솔이 훨씬 많이 분비된다고 한다. 뿐만 아니라 외로움은 면역 체계에도 영향을 미친다. 외로움을 크게 느끼는 사람일수록 백혈구의 수치 변화가 컸다는 등의 논문 발표로도 입증되었다. 굳이 의학계의 연구 데이터가 아니더라도 우리가 크게 아팠을 때 회복의 의지를 갖게 되는 계기를 떠올려 보면 쉽게 이해할 수 있다. 옆에 누군가 있다거나 혹은 반드시 완성하고 싶은 과업이 있을 때 우리는 생의 의지를 좀 더 단단하게 다진다. 그리고 놀랍게도 우리 몸은 마음의 굳기와 비례하여 회복력을 발휘한다.

내가 가장 힘들었던 시기 또한 어느 곳에도 소속됨 없이 버텨야 했던 시간이었다. 소속감은 사람들에게 자신의 존재를 확인하는 계기가 되기도 하는데, 어느 집단에도 속하지 못했다는 마음은 불안감과 고립감을 가져 왔다. 참 많이 외로웠고 힘들었다. 개인적인 실패나 시행착오가 숨기거나 감춰야 할 사건이 아님에도 대다수의 사람들과 다르게 걷고 있다는 마음은 나 스스로를 외롭게 만드는 계기가 되었다. 주변 사람들을 멀리하고 끊어내었던 것도 나의 그런 마음에서 비롯된 것이었다.

그 시절 내가 조금 더 내적으로 단단하고 성숙했었다면 어두운 마음의 상태에서 빨리 나올 수 있지 않았을까 하는 생각도 든다. 또한 혼자 남기를 택하지 않고 사람들과의 관계와 고독의 균형을 잘 잡았다면 깊은 우울의 터널을 길게 겪지 않았을 것이다. 홀로 이겨내며 지나왔다고 생각했지만 결국 그 시간도 사람들을 통해 힘을 얻고 다시 나아갈 방향을 찾았다. 어느 곳에도 속하지 않았던 시절, 토요일마다 그림을 함께 그리는 사람들이 있었고 그들과 도란도란 이야기를 나누었던 식사 시간이 있었다. 일주일에 한 번이었지만 그 시간을 기다렸다. 그림 그리기는 홀로 하는 작업이지만 함께 모이는 이들 안에서 계속 작업할 힘을 얻을 수 있었다.

그렇다 할지라도 종국에는 혼자 완성하고 고민하며 걸어가는 길이다. 그래서 혹자는 '외로운 작업'이라는 이름을 붙이기도 한다. 예술 활동이 고독한 일이기는 하지만 나는 '외로운 일'이라는 표현에는 긍정하고 싶지 않다. 이 무슨 말장난 같은 이야기냐고 따져 물을 수도 있겠지만, 고독과 외로움은 분명 다르다. 사전적 의미로는 큰 차이가 없는 것처럼 느껴지지만 고독이라는 단어 안에는 스스로 홀로 있음을 선택한 자발적인 뉘앙스가 담겨 있다. 창의적 활동은 그 주체자가 스스로 만드는 일에 집중하기 위해 홀로 있음을 택하는 길이다.

외로움은 주변에 아무도 없음을 자각할 때보다 내 자신이 아무런 쓸모가 없다고 느껴질 때 더 크게 다가온다. 자기 자신이 존재하는 의미와 이유가 흔들릴 때 깊은 외로움을 마주하게 된다. 이 깊은 외로움은 더 이상 존재할 가치가 있는지를 스스로에게 되묻고 그 질문을 혼자 반복하다 보면 극단적인 선택을 가볍게 여기게 된다. 여기에 외로움이라는 감정이 주는 무서움이 있다.

글을 쓰고, 그림을 그리며, 나무를 깎고, 음악을 하는 등 모든 창의적인 일은 고독한 시간을 통해 탄생한다. 이러한 일을 예술 활동이라 명할 수도 있고 창의적인 일이라고 부를 수도 있다. 하지만 무언가 거창한 것을 세상에 내보여야 할 것 같은 부담감이 든다면 '작업'이라는 명칭 정도로 해두어야겠다. 작업을 행하는 사람은 분명 혼자일 터인데(그 일이 공동의 작품을 완성하는 일일지라도 세분화된 행동으로 들어갔을 때는 단독자로서의 시간을 전제로 한다.) 그렇다면 그 활동은 우리의 외로움을 더욱 가중시키지 않을까?

이에 대한 답을 먼저 하자면 '그렇지 않다.' 그것은 작업이라는 활동이 갖는 속성 때문이다. 작업은 빨아들이는 힘이 있어서 그 일을 하는 사람이 몰두하도록 만든다. 만약 작업에 집중할 수 없다면 육체적 컨디션의 문제이거나 혹은 심리적인 다른 이유가 있을 수 있다. 그도 아니라면 지금 하고 있는 작업이 정말 원하는 활동인지 돌아봐야 한다. 이를 제외하고는 창의적 활동은 온전히 그 일에 집중하도록 이끌어주는 힘이 있다. 이 힘은 외로움이라는 늪에서 조금 더 쉽게 올라오도록 도와준다.

개인적으로 좋아하고 존경하는 화가의 인터뷰 기사를 읽은 적이 있다. 이제 인생의 후반부를 살고 있는 그분은 다시 태어나도 그림을 그리겠다는 말을 남기셨다. 개인적인 상실의 아픔이나 고통도 겪었지만 다른 사람들보다는 조금 늦은 나이에 그림을 시작하면서 자신의 삶을 풀어내고 해석할 수 있는 힘까지 얻었다고 한다. 그림을 그리는 일에 빠지는 맛은 한 번 알게 되면 헤어나오기 힘든 즐거움이다. 이것은 그림뿐만 아니라 다른 창의적 활동에도 동일하게 적용된다.

작업과 예술 활동은 외롭지 않은 길이다. 예술은 모든 사람이 마땅히 누려야 할 권리이자 놀이다. 그리고 예술 활동이 전제된 삶, 나아가서 노후는 외로움을 경감시킬 수 있다. 평생 그림을 배운 적 없는 할머니가 주변의 권유로 어린 시절의 고향을 그리기 시작했고, 이것을 모아 전시를 열었다는 신문 기사를 읽은 기억이 있다. 육체적 고통이나 사고 이후에 자신만의 작품 활동에 빠진 사람들을 우리는 심심치 않게 만난다. 예술은 삶의 고통을 이겨내게 하는 힘을 지니고 있다.

외롭고 우울한 사람이 있다면 그가 칠흑 같은 시간을 잘 뚫고 나오도록 창의적 활동이 길동무가 되어주기를 바랄 뿐이다. 그리하여 예술은 삶의 어느 순간이나 허물도 쓸모없지 않음을 모두가 듣고 발견하기를 기대해 본다. 누군가 지나온 삶의 시간이 거칠어도, 반듯하지 못하고 얼룩졌어도 그가 자신의 이야기를 예술로 풀어내면 생명력을 지닌 작품으로 드러난다.

멕시코의 화가 프리다 칼로는 자신의 삶을 관통한 신체
적·정신적 고통을 그림을 그리면서 이겨나갔다. 그의 작품
이 오늘을 사는 사람들에게 뭉클함을 전하는 것은 그가 자
신의 불행에 절망하지 않고 그것을 작품으로 승화시켰기
때문이다.

나는 아픈 것이 아니라 부서진 것이다.
하지만 내가 그림을 그릴 수 있는 한
살아있음이 행복하다.

— 프리다 칼로

쓸모없는
시간의 쓸모

"쓸데없는 짓 그만하고…"라는 말을 누구든 한 번쯤은 들어봤을 것이다. 어렸을 때 나는 이 말을 자주 들었다. 어른들의 눈에는 나의 행동들이 답답하고 꼭 필요한 일처럼 느껴지지 않았을 수도 있다.

내가 주로 행했던 쓸데없는 짓은 편지쓰기, 다이어리 꾸미기, 만화 그리기, 선물 만들기, 포장하기, 지우개로 김밥 모형 만들기, 개미집 관찰하기, 나뭇잎 줍기 등이었다. 조금 더 큰 이후에는 밤새워 전화 통화하기, 라디오에 사연 보내기, 좋아하는 노래 외우고 따라 부르기, 찰흙으로 아무거나 만들기, 낙서하기 등으로 범위를 넓혀갔다. 머릿속에는 항상 재밌고 엉뚱한 생각들이 가득해서 나는 혼자 있는 시간이 그리 지루하지 않았다. 하지만 그런 나의 행동을 떳떳하게 자랑하듯이 할 수는 없었는데, 당시 어른들의 눈에 가장 '쓸모 있는 일'은 학교 공부였기 때문이다. 영어 단어 외우기나 수학 문제 풀이는 집안의 대소사에서 제외될 수 있을 만큼 중요하고 '쓸모 있는 일'인 반면, 좋아하는 시를 예쁘게 옮겨 적거나 친구에게 편지를 쓰는 등의 행동은 나중에 해도 되는 '쓸데없는 일'이 되기 쉬웠다. 그럼에도 나의 쓸데없는 일은 멈추지 않고 계속되었다. 하지만 약간의 죄책감이나 내가 지금 당장 해야 할 중요한 무언가를 놓치고 있는지도 모른다는 불안감은 어른이 되어서까지 오랫동안 나를 따라 다녔다.

예술 학교에 입학하고 진로를 예술 분야로 정하면서 가장 좋았던 것은 예전에는 쓸데없는 일로 여겨졌던 일이 전공이자 주업이 되었다는 것이다. 이렇게 원하는 쓸데없는 일을 잔뜩 하고도 핀잔을 듣지 않고 오히려 돈을 벌고 격려와 박수를 받을 수 있다니! 이것은 그야말로 신세계였다.

쓸데없는 일이라고 인식되었던 일은 실제로는 '쓸데없어 보이는 일'이었다. 이것은 지극히 주관적인 관점이라고 할 수 있는데 지금 우리가 살아가는 시대에는 더 이상 쓸데없어 보이는 일이 존재하지 않는다. 기초 학력을 무시해도 괜찮다거나 학창시절에 이루어지는 교육이 쓸모없다는 것은 아니다. 단지 사회가 다양화되고 전문화되는 만큼 100년 전의 기준으로 어떤 방법이나 길을 고집하고 강요하는 시대가 끝나가고 있다는 것을 말하고 싶다. 아직도 특정 직업이 안정된 미래와 부를 가져다줄 거라고 생각하는 사람들이 있다. 당장의 결과를 보면 그것이 가장 확실하고 빠른(?) 길일 것이다. 그러나 아직 진흙 속에 묻혀 있는 수많은 쓸데없어 보이는 일이 진주가 될 수 있다.

경제적인 수치로만 어떤 결과의 우열을 판단할 수 없지만 그것을 무시할 수 없는 시대를 살고 있는 만큼 그런 관점으로만 생각해 보아도 더 이상 전문직이나 어떤 특정 직업이 삶의 안정과 부를 실현하는 데 가장 좋은 길이라고 단정할 수 없다. 영상을 만들고 크리에이터로서 살아가는 이들 가운데 상상을 초월하는 경제적 이득을 얻는 이들이 적지 않다. 과거의 기준으로 보면 쓸데없어 보이는 게임을 하면서 방송을 한 것으로 수백억의 광고비를 벌었다는 외국 사례가 더 이상 낯설지 않다. 먹는 것을 타인에게 보여주는 것이 인기 방송이 되고, 자신의 소소한 일상을 보여주고 알리는 것이 하나의 소재가 될 수 있는 세상이다. 장난감을 가지고 노는 것, 다른 사람이 시도해 보지 않은 일을 하면서 영상을 찍는 등의 일은 단순한 재미나 흥미를 넘어서 이윤을 가져오는 경제적 행위가 되고 있다. 그럼 경제적인 효과를 가져오지 못한다면 쓸데없어 보이는 일은 정당화될 수 없는 것인가?

개인적으로 쓸데없어 보이는 일을 많은 사람이 하고 특히 자신의 생각을 키워가고 성장해야 하는 시기의 아이들과 학생들이 이런 시도를 다양하게 했으면 한다. 가족이나 친구가 쓸데없어 보이는 일을 하는 것을 보면 응원이나 지원금은 못 보낼지라도 핀잔을 주지는 않았으면 좋겠다. 그런 말들이 상대방에게 죄책감이 되어 자유롭게 행동하는 데 제약이 될 수 있기 때문이다.

많은 경우 시간 낭비로까지 여겨지는 일 중에 한 가지가 '수다'다. 오죽하면 '수다 떤다'라는 표현이 있겠는가. 이 수다가 얼마나 쓸데 있고, 심지어 중요한 일인지 공감하는 사람은 많지 않다. 단, '쓸모 있는 수다'를 위해서는 몇 가지 기억해야 할 것이 있다.

첫 번째는 그 수다의 현장에 없는 사람에 대한 비난의 수다는 쓸모없다. 수다를 마치고 마음이 찝찝하다는 감정적 소모와 혹여나 그 대상이 이 사실을 알게 되었을 때 겪을 관계의 갈등에서 오는 어려움을 생각했을 때 해롭기까지 하다.

두 번째는 말하고 듣는 과정 없이 일방적으로 한 사람이 떠드는 수다는 하지 않는 것만 못하다. 경청하는 역할만을 행해야 했던 상대방이 다시 연락하거나 만남을 요청하지 않고 관계를 멀리하는 부작용까지 가져올 수 있다.

이 밖에도 자신이나 상대방이 무슨 말을 하는지도 제대로 기억하지 못하는 이성적 판단이 끊어진 지나친 음주 상태에서의 수다 등은 '쓸모 있는 수다'를 방해하는 요소가 된다.

수다는 나에게 중요한 배움의 시간이다. 과거에도 그랬고 지금도 그러하며 미래에도 그러할 것이다. 뜻하지 않은 수다 한판을 통해 새로운 일이 추진되고 그것이 하나의 중요한 삶의 터닝 포인트가 되었던 적이 많다. 수다를 통해 정리되지 않은 생각이나 마음이 더 확고해지고 단단해지는 일도 많다. 상대방의 날카로운 질문이 미흡함 없이 준비하게 하는 계기가 되기도 한다.

주저하고 망설이며 시작해도 될까를 고민하는 '쓸데없어 보이는 일'이 있다면 시작하자. 최소한 그 일을 해보면 정말 쓸모없는 일인지, 아닌지를 경험해 볼 수 있다. 사람이 살아간다는 건 꼭 쓸모와 이유를 대답하기 위해서만은 아니다.

오늘의 기분을
한 단어로 적어보는 일

　예술 학교에서 만난 교수님 한 분은 피카소와 꼭 닮은 외모를 지니고 계셨다. 학생들은 그분을 '마에스트로' 혹은 '피카소'라고 불렀는데 단순히 외모 때문만은 아니었다. 특히 마에스트로라는 호칭은 '교수님'이라는 호칭이 있음에도 불구하고 학생들이 굳이 사용하는 단어였다. 그 뜻은 '스승님' 혹은 '사부님'으로 해석할 수 있는데 존경의 의미가 담겨 있다. 학생들에게 사부요, 스승으로 불리는 것은 뿌듯하고 기쁜 일이었지만 그 뜻이 너무 크다 하여 교수님은 그렇게 불리는 것을 어려워하셨다. 하지만 짓궂은 학생들은 끝까지 피카소 혹은 마에스트로라 불렀다. 교수님은 40여 년을 화가로 활동하시는 분이다. 그 명성에 비해 소탈하고 꾸

밈이 없었으며 가르침에 있어서도 갖고 계신 좋은 기술이나 노하우를 학생들에게 최대한 전달해 주고 싶어 하셨다. 수업 시간에는 필요한 재료를 구입하는 비용이 부담되지는 않을까 세심하게 마음을 써주는 따뜻한 분이기도 했다. 개인적으로도 교수님과의 만남과 수업은 큰 영향을 미쳤는데 특별히 첫 수업 시간을 잊을 수 없다.

피카소 교수님은 첫 수업에 들어오셔서 앞으로 진행될 수업의 개요와 필요한 재료 등을 간략히 소개해 주셨다. 그러고는 앞으로 1년 동안 할 수업 중에 가장 중요한 이야기를 해주겠다고 하시며 학생들의 주의를 집중시켰다. 그 이야기는 교수님이 40여 년의 세월 동안 화가로 살아온 비결이자 동력이며 전부이기도 하다며 운을 떼셨다. 학생들은 평생을 예술가로 살아온 교수님의 비법을 궁금해했다. 그렇게 모두의 시선이 모여 있을 때 교수님은 주머니에서 손때가 묻어 있는 작은 수첩을 하나 꺼내셨다. 수첩을 펼쳐 안에 내용을 보여주셨는데, 빼곡하게 무언가가 적혀 있기도 했고 작품에 대한 구상이나 스케치들이 보이기도 했다.

교수님은 학생들을 둘러보며 이런 수첩을 들고 다니는 학생들이 있는지 물으셨다. 그러면서 1년 수업보다 더 중요한 것이 수첩에 기록하고 아이디어를 그리는 습관을 갖는 것이라며 오늘부터라도 수첩에 기록하고 스케치를 그려 넣는 일을 시작하라고 강조하셨다. 오래전부터 작은 수첩에 메모와 낙서를 이어오던 나는 교수님의 비법이 반갑기까지 했다. 오늘까지도 그 의견에는 전적으로 동의하는 바이다.

창의적인 활동은 아이디어에서 비롯되며 아이디어는 언제 어디서 얻을 수 있을지 예상할 수가 없다. 그렇기 때문에 순간을 기록할 수 있는 도구를 지참하는 것이 중요하다. 전자기기가 발달한 요즘은 휴대전화가 그 역할을 하지만 아직까지는 손으로 직접 쓰고 그리며 기록하는 것보다 더 오래 기억에 남는 방법은 없다.

기록에 대한 이야기를 시작하려니 떠오르는 사람이 있다. 화가이며 과학자이고 건축가이자 해부 학자이며 천문학에도 능통했던 레오나르도 다 빈치이다. 그가 생전에 남긴 기록의 양은 3만 장이 훌쩍 넘는다. 이 기록의 방대함만으로도 그가 어떻게 이토록 다양한 분야에서 관심을 갖고 지식을 쌓을 수 있었는지 알 수 있다. 또한 기록의 흔적은 그의 천재성에 대한 단서가 된다.

1506년 그는 프랑스의 왕 루이 12세의 궁정 화가로 임명된다. 그 시기에 많은 스케치와 기록을 남겼는데 그 내용은 머릿속에 떠오른 생각들이나 새로운 발상들로 가득하다.

그는 습관적으로 하루를 시작하면서 자신에게 떠오르는 생각들을 자세히 기록하여 이런 아이디어들을 기초로 많은 과학적인 사실을 연구하고 탐구할 수 있었다. 그의 천재성은 기록의 습관에서 기인한 것이라고 해도 과언이 아니다.

레오나르도 다 빈치가 위대한 업적과 방대한 지식을 쌓는 데 기록을 발판으로 삼았다고 한다면 많은 사람에게 사랑받는 화가 빈센트 반 고흐는 기록을 통해 자신의 내면을 털어놓았다. 책으로도 알려져 있는 고흐의 편지는 동생 테오와 주고받은 것이 대부분이다. 수백 통에 이르는 편지는 화가 자신이 말하지 않으면 알기 힘든 고뇌와 기쁨, 생각으로 가득 차 있다.

얼마 전 신문에서 60여 년간 농사를 지으며 일기를 쓰신 할아버지에 대한 기사를 읽을 수 있었다. 할아버지의 일기에는 그동안의 영농 기록과 생활 모습이 담겨 있어 그 자체로 역사적인 자료가 된다고 했다.

기록하는 것은 개인적인 면에서도 큰 도움이 된다. 몇 년 전부터 하루를 마치고 잠자리에 들기 전 그날의 기분과 육체적인 컨디션을 색으로 칠하는 습관을 갖게 되었다. 이것은 사소한 행동에 불과하지만 이 작은 기록이 모여 내 자신을 알 수 있는 소중한 자료가 된다. 생체 리듬에도 주기가 있는데 그 주기에 따라 감정에도 변화가 있었다. 시간이 흐르면서 기록이 쌓이자 나 자신에 대한 이해를 보다 객관적으로 할 수 있었다. 자기 자신에 대한 정보는 오직 스스로를 통해서만 얻을 수 있다. 또한 자기 자신에 대한 이해와 객관화는 의미 있는 삶을 만들어 가는 데 기초가 된다.

전자기기가 발달한 요즘 사람들은 다양한 기능이 들어있는 스마트폰 덕분에 사진기, 비디오 카메라, 녹음기까지 항상 소지하게 되었다. 그러나 이렇게 발달한 시대를 살고 있음에도 나의 가방에는 드로잉 북이 항상 들어있다. 그것은 그 순간에 대한 감정과 느낌까지도 간직하고 싶기 때문이다. 사진이나 비디오, 녹음된 소리는 객관적 사실을 간직하는 데 매우 유용하다. 그러나 인생의 시간에는 객관적 사실 외에도 감정과 느낌이라는 것이 존재한다. 이 감정과 느낌을 담을 수 있는 전자기기는 아직 발명되지 않았다. 손으로 쓰는 순간의 기록과 나의 눈을 통해 표현되는 끄적임의 스케치가 존재하는 날의 기억은 그 어느 때보다 생생하고 오래 남는다. 기록의 방법은 다양하지만 사진이나 영상, 녹음 외에 내가 가장 추천하는 방법은 직접 손으로 적는 것이다. 우리의 뇌에는 손으로 쓴 것을 다시 한번 기억하게 하는 효과가 있다.

창의적인 활동을 할 때 손으로 기록을 남기는 것은 가장 기초적인 작업이 된다. 그것은 어느 분야를 막론하고 그러하다. 오래전에 한 유명한 시인과 가깝게 지낸 적이 있는데, 그 시인은 일상의 모든 순간을 기록할 수 있도록 생활하는 곳 구석마다 메모지와 펜을 구비해 두었다. 그리고 실제로 장소와 시간을 가리지 않고 기록했다. 심지어 종교적인 예식을 행하고 있을 때도 떠오르는 것이 있으면 시선을 의식하지 않고 메모지와 펜을 꺼내 들었다. 차를 타고 가다가도, 음식점에서도, 심지어 영화관에서도 그는 메모를 멈추지 않았다.

기록은 단순히 어딘가에 무엇을 쓰는 것으로 끝나지 않는다. 기록의 완성은 쓴 것을 잘 간직하고 보관하는 것까지 포함한다. 정리하고 남겨둘 기록을 선별하는 작업을 통해 우리는 다시 한번 스쳐 지나갔던 생각을 되짚어 볼 것이며, 그 과정을 통해 생각을 더 확장시켜 나갈 수 있다. 이와 함께 나 자신의 성장과 창의적 아이디어의 발전 방향도 객관적인 관점으로 볼 수 있다.

처음 기록을 시작하려는 사람들에게 무엇을 기록해야 할지 모르겠다고 물어온다면 오늘의 기분을 한 단어로 적어보는 일 혹은 나의 마음을 달력 한 편에 색으로 칠해보는 일부터 시작해 보라고 말해주고 싶다. 매일이 똑같아서 특별히 쓸 것이 없다고 이야기하는 사람에게는 잠들기 전 떠오른 단어를 기록해 보기를 권해본다. 그렇게 기록이 쌓이다 보면 자기 자신에 대해 좀 더 잘 알게 된다. 그리고 자기 자신을 잘 알게 되면 우리에게 일어나는 많은 문제가 풀리는 경험을 하게 될 것이다.

왜 우리는 서로
경쟁자가 되어야 하는가

나는 공부를 못하는 편은 아니었다. 특별히 뛰어나서 전교에서 누구나 다 아는 성적은 아니었지만 그래도 반에서는 친구들에게 공부 잘하는 아이로 알려졌으니 못하는 건 아니었던 게 분명하다. 대학 입시에 비중이 크지 않은 과목일수록 더 재미있었던 것은 청개구리 속성이 있어서였는지도 모르겠다. 당시에 윤리 선생님과는 평소 대화를 많이 나누지도 않았는데 어느 날 나를 부르시더니 밥 먹고살기 쉽지는 않겠지만 철학과를 가보지 않겠느냐고 물으셨다. 지금까지도 왜 그런 질문을 하셨는지 모르겠다. 선생님이 보기에도 내 얼굴이 사뭇 진지하고 심각해 보였던 것 같다.

사람마다 공부에 대한 흥미가 생기고 세상 이치에 눈을

뜨게 되는 시기가 다르다. 또한 공부라는 것의 분야도 너무나 다양하다. 이것은 사회가 점점 더 세분화되고 '공부'라는 범위가 크게 확대되어서 그렇다. 어떤 사람은 줄곧 학문적인 공부에 눈을 뜨고 흥미를 갖는다. 또 어떤 사람은 학문적인 공부보다 기술적인 분야에 뛰어난 소질을 보이기도 한다. 그래서 이제는 '공부 잘하는 사람'이라는 말이 너무나 추상적으로 느껴진다.

공부를 잘하면 행복할까? 공부를 못하면 꿈을 이루지 못하고 불행할까? 고등학교 시절 친하게 지내던 두 명의 친구가 있었다. 한 명은 그야말로 학문적인 공부를 잘하는 아이였다. 누구든지 그 아이가 명문대에 갈 거라는 사실에 의심을 품지 않았다. 역시 그 친구는 3년 내내 상위권을 유지했고 누구나 가고 싶어 하는 학교에 입학했다. 그 후 좋은 회사에 취직해 해외에서 생활한다는 소식까지 들었다. 이후 소식은 듣지 못했지만 자신의 꿈을 이뤄가며 재밌게 살고 있으리라 믿는다. 또 다른 친구는 학문적인 공부에는 큰 흥미가 없었지만 심성이 착하고 고왔다. 반에서 그 친구를 싫어하는 아이가 없었다. 모든 것이 평범했지만 이 친구의 눈에 띄는 특징은 어린아이들을 좋아한다는 것이었다. 고3이 되어 진로를 이야기할 때도 친구는 줄곧 어린아이들과 함께하는 일을 하고 싶다고 했다. 성적이 눈에 띄게 상위권은 아니었기에 명문대에 진학하지는 못했지만 그 친구는 자신의 성적에 맞춰 유아교육과에 진학했다. 그렇게 시간이 흘러 모두 사회인이 되어 만났을 때 아이들을 좋아하던 친구는 어린이집 선생님이 되어있었고 여전히 함께 일하는 사람들을 먼저 배려하며 지냈다. 어린이집에서 사는 이야기를 하느라 저녁 식사를 마치고도 늦게까지 아이들 이야기를 했다. 일이 힘들지만 행복하다는 친구를 보면서 "행복은 성적순이 아니다"라는 말이 저절로 떠올랐다.

어떤 사람의 '지금'이 그 사람의 전부가 아닐 수 있다. 특히 아직 성인이 되지 않은 아이들이나 학생들은 더욱 그러하다. 그렇기 때문에 누군가가 성장하는 시간에 가르치는 일을 한다는 것은 쉽지 않다. 제도권 안에서 가르친다는 것은 평가를 포함하고 있기에 더욱 그러하다.

학창시절 가장 싫었던 것 중에 하나는 시험이 끝나고 점수 확인이라는 명목 아래 개개인의 점수가 적힌 종이를 교실 앞에 붙여 놓는 상황이었다. 교실 앞에 붙여 놓는 것이 가장 신속하고 정확한 확인법이었다. 그것은 당시 내 눈에 너무 슬프고 잔인하게 느껴지기까지 했다. 모두가 1등일 수 없고 모두가 만점일 수 없는 결과 아닌가. 그 종이에는 반

아이들 전체의 성적이 적혀 있기에 누구든지 다른 친구들의 점수를 보고 등수를 세어보았다. 그렇다면 성적이 좀처럼 나오지 않는 친구들 중에 유독 남들보다 소심하거나 자신감이 없는 친구는 큰 부끄러움이나 수치심을 느낄 수도 있다. 설혹 내가 만점을 받았더라도 그렇게 붙여진 점수 확인표를 볼 때면 떼고 싶은 충동을 느꼈다. 끝없이 줄을 세우고 옆에 있는 친구가 동료이자 경쟁 상대가 되는 틀을 깨고 싶었다. 왜 우리는 서로 경쟁자가 되어야 하는가? 나는 그런 경쟁에 지쳐 있었고 그런 현실이 슬펐다.

서른이 넘어서 그것도 이역만리 타지에서 예술 공부를 하는 나를 보고 친구들은 공부하기 싫어서 수도원을 갔다가 결국 뒤늦게 다시 공부한다며 놀렸다. 그 말도 일리가 있다. 그전까지 내가 느낀 공부는 '줄 세우기'에 불과했다. 그러나 이탈리아 대학에서의 삶이 나의 이런 생각을 바꿔주었다. 그곳에는 참 특이한 시험 제도가 있다. 모든 학생은 한 과목에 대해서 1년 동안 4번의 시도를 할 수 있는데, 첫번째 시험 기회에 평가를 받고 점수가 맘에 들지 않으면 다시 준비해서 시험을 볼 수 있다. 혹은 첫 번째 기간에 시험 준비가 완벽하지 않다고 느껴지면 두 번째 시험 기간에 신청하여 평가받을 수 있다. 시험은 평가 점수의 배분이 정해져 있지 않다. 따라서 과제나 평가 기준에 부합하는 결과물이나 과정이라면 같은 과목을 수강한 학생들 모두 만점을 받을 수도 있다. 반대로 결과에 따라 모두 낙제 점수를 받을 수도 있다. 예술 과목이라는 특수성이 있긴 하지만 교양으로 듣는 과목들 역시 같은 방법이 적용되었다.

시험 방법도 독특했는데 필기시험은 교수에 따라 필요하면 볼 수도 있지만 거의 모든 이론 과목의 평가 방법은 구술이었다. 처음에는 말로 하는 것이 쓰는 것보다 쉽다고 생각했다. 그런데 첫 번째 미술사 시험을 보면서 구술시험은 평가받는 사람이 공부한 것에 대해 완벽한 이해가 없다면 불가능하다는 걸 알게 되었다. 내 시험지를 옆 친구가 볼까 봐 가리는 것에 익숙했던 나는 모든 학생이 시험 순서를 기다리면서 담당 교수와 나의 평가 상황을 지켜보고 있는 풍경도 낯설고 충격적이었다. 앞뒤로 줄 서는 것에만 익숙했던 나에게 옆으로 줄 서는 세상은 또 다른 경험이었다. 학생들은 서로 경쟁자가 아니기 때문에 시험 기간이 임박하면 서로 정보도 공유하고 혹시 출석하지 못한 날이 있다면 강의를 녹음하여 공유했다. 중요한 목적은 우리가 배운 것을 우리 각자의 것으로 만들어 이해하는 것이지 우리 중에 누가 가장 뛰어난지 순번을 매기는 것이 아니었다.

사실 시선을 조금 넓혀 보면 단지 학교에서의 평가만 그런 것은 아니다. 사회에서 무슨 일을 할 때도 우리는 앞과 뒤를 나누고 처음과 끝을 구분한다. 단지 구분만 하는 것이 아니라 끝에 누가 있는지 자주 무관심하고 내 자신이 그런 끝자리라는 생각이 들 때면 좌절하고 포기한다. 회생이 불가능하다고 스스로 평가해 버리는 것이다. 어려서부터 옆으로 서는 교육을 받고 함께 살아가는 길을 생각한다면 세상은 어떤 모습일까? 그렇게 쉽게 좌절하거나 포기하지는 않을 것이다.

어른이 되면 점수표를 교실 앞에 붙이는 것을 보고 슬퍼할 일이 없을 거라고 믿었다. 그런데 학교를 졸업하고 사회에 나오니 또 다른 점수표가 생겼다. 사람 살아가는 세상에서 이런 평가와 순서의 기준을 완전히 없앨 수는 없겠지만 모든 사람이 각자의 고유한 색을 인정받고 옆으로 나란히 줄서기를 꿈꿔본다. 그 시작은 우리 각자에게 달려있다. 지금 만나는 사람들을 나도 모르게 앞뒤로 나누어 보고 있지는 않은지, 지금 옆으로 손을 잡고 잘 가고 있는지 수시로 돌아보자. 세상이라는 험난한 바다에서 우리는 함께 둥둥 떠 있는 동료다. 길을 걷다가 문득 사람들을 보면 저마다 열심히 살고 있다는 것이 모두 닮아 있어 가슴이 뭉클하다.

완벽한 삶,
완전한 사람은 없다

사람이 온다는 건

실은 어마어마한 일이다.

그는

그의 과거와

현재와

그리고

그의 미래와 함께 오기 때문이다.

— 정현종, 〈방문객〉 중에서

이 시를 읽을 때마다 사람과 사람이 만나는 일을 어쩌면 이토록 아름답고 정확하게 표현했는지 놀라게 된다. 사람들은 누군가를 만날 때 그 시점의 한 사람을 만난다고 생각하지만 모든 사람은 그의 과거와 무관하지 않고 각자의 경험을 바탕으로 이루어져 있는 유기적 존재이다. 눈에 보이지는 않지만 사람들은 저마다의 기운을 가지고 있다. 그것은 마치 자기장과 같을 것이라고 상상해 본다. 보통 우리가 '기운'이라고 부르는 것이다. 그런 관점에서 보면 사람과 사람 사이에도 기운이 흐른다는 것을 떠올려 볼 수 있다. 그렇기 때문에 우리는 때때로 말로 표현하지 않아도 느끼는 감정이 있다.

살아가면서 종종 운명적인 만남 혹은 영화 같은 인연을 경험할 때가 있다. 로마에서 처음으로 전시할 기회를 얻었던 때의 일이다. 당시에 나는 이탈리아에 친분이 있는 지인이나 친구가 없었다. 그도 그럴 것이 낯선 곳에 정착한 지 고작 1년 정도 흐른 시기였기 때문이다. 이에 낯가림이 심한 성격까지 더해져 로마 시내에서 하게 된 전시의 기회임에도 초대할 사람이 아무도 없었다. 세계의 젊은 여성 작가들이 준비한 전시였는데 사람들은 저마다 가족과 친구, 지인들을 초대해 전시장은 그야말로 축제 분위기를 방불케

했다. 곳곳을 기웃거려 보아도 나처럼 혼자 온 사람은 아무도 없었다. 평소보다 외로움이라는 감정에 더 집중되어 있어서였을까? 때마침 하늘에서는 봄비가 내리고 있었는데 갑자기 눈물이 났다. 고향에 있는 친구와 가족들이 더 그리워졌다. 그러면서 나도 모르게 기도 아닌 기도를 했다. 이럴 때 함께 기뻐하고 축하해 줄 친구 한 명만 있어도 좋겠다는 바람을 중얼거려 보았다.

그렇게 전시장 계단을 내려오는데 이탈리아 아주머니 한 분이 나를 보며 밝게 웃으셨다. 그러고는 혹시 입구 쪽에 있는 그림을 그렸는지 물으셨다. 아주머니가 지목한 그림은 내가 그린 그림이었다. 나는 그렇다고 대답하며 어떻게 나를 알아보셨는지 물었다. 아주머니는 따뜻하게 웃으며 거기에 적혀 있는 작가의 이름과 출신 국가가 동양인 것을 보고 이 전시장에 내가 유일한 동양사람이었기에 알아볼 수 있었다고 대답하셨다. 아주머니는 가족들이 내 그림을 좋아하는데 괜찮다면 집으로 초대하여 함께 식사하며 이야기를 나눠보고 싶다고 했다. 불과 몇 분 만에 어떻게 이런 영화 같은 전개를 맞을 수 있는지 놀랍고 얼떨떨했다. 아주머니는 "다음 날이 마침 부활절이니 점심식사에 나를 초대하고 싶다"라고 하셨다. 그 만남은 단순히 한 번의 식사 초대로 끝나지 않았다. 감사하게도 그 가족들은 나의 그림을 정말 좋아해 주었고 로마에서 머무는 동안 다방면으로 응원해 주었다.

우리의 만남은 운명이었다. 서로에 대한 어떠한 정보도 없이 오직 그림을 매개로 만났고 마음을 나누었으며 가족이 되었다. 그 가족은 예술을 사랑하고 특별히 오래전부터 예술가들에 대한 지원도 아끼지 않는 분들이었다. 그 때는 나의 언어 실력이 더 많이 부족하던 시절이었음에도 아주머니의 가족들은 그것을 답답해하지 않았다. 항상 내 말을 기다려주고 들어주었다. 그런 그들에게 나는 종종 기회가 있을 때마다 고마움을 표현했다. 그럴 때면 그들 역시 내가 그 가족들의 삶에 찾아와 준 것이 고맙다고 답해주었다. 우리의 만남에는 항상 서로에 대한 '고마움'이 있었다.

사람 간의 만남을 더욱 풍요롭게 해주는 것은 고마움이다. 고마움은 설사 그 만남이 일회적인 만남이라고 할지라도 필요하다. 그 근거를 고맙다는 말의 어원에서 찾을 수 있다. 고맙다의 어원은 '고마'이다. 이것은 '신(神)', '존경(尊敬)'이라는 의미다. 즉 '고맙다'는 '존귀하다, 존경하다'라는 뜻을 지닌 말이다. 사람과 사람이 만나는 일에는 상대방의 처지나 역할에 관계 없이 존중이 전제되어야 한다. 그 마음을 바탕으로 관계가 시작되기 때문이다.

가끔 미용실에 가면 머리를 자르기 전이나 머리 손질이 끝나고 머리를 감겨주는데 값을 지불하고 받는 서비스이지만 그때마다 도와주는 사람의 손에 마음이 쓰인다. 하루에도 몇 번씩 손님들의 머리를 감겨주기 위해 샴푸와 물을 번갈아가며 묻힐 그들의 손이 마음에 남는다. 그럴 때면 머리를 감는 동안 감겨주는 사람을 위해 잠시 눈을 감고 '고마움'을 간직한다. 직접 그 사람에게 말로 나의 감정을 다 표현하지는 못하지만 내가 진심으로 갖는 고마움이 그에게 좋은 기운으로 다가가 복을 빌어줄 것을 믿기 때문이다. 서비스는 물론 대가를 지불하고 받는 정당한 권리이지만 그것이 손님으로서의 권리라 할지라도 이를 행하고 받는 주체는 사람이다. 그런 도움을 주고 서비스를 제공하는 사람이 없었다면 나는 그 혜택을 누리지 못하고 불편함을 느껴야 할 수도 있을 것이다. 이런 관점에서 본다면 서비스를 제공하는 사람이 손님에게 찾아온 고마움을 갖듯, 손님 역시 그런 서비스를 제공해 주는 사람에게 고마움을 갖는다면 우리의 순간은 보다 의미 있어지지 않을까?

좋은 생각과 진실한 마음은 긍정적인 관계를 불러오고 그 만남들은 내 삶의 질을 바꾸어 놓는다. 다양한 경험과 만남을 지나오면서 더욱 확신하게 된다. 물론 모든 만남이 긍정적이고 단순하게 흐르지만은 않을 것이다. 관계는 유기적인 인간이 만나서 완성해가는 사건이기에 불완전하고 가변적이다. 우리는 때로 거리를 두어야 할 관계에 직면하기도 할 것이며 노력으로만은 좁히기 어려운 관계도 만날 것이다. 모든 만남이 각기 고유하기에 절대적인 규칙을 적용할 수는 없다. 각자가 살아온 시간이 다르고 경험한 역사가 다르기 때문이다.

어렵고 힘든 관계를 만났을 때 취할 수 있는 방법은 크게 두 가지 길이 있다. 그 관계가 지속하지 않아도 되는 만남이라면 적당히 거리를 두는 것도 한 방법이 될 수 있다. 그러나 삶은 그렇게 간단하지 않아서 불편함에도 지속해야 할 관계가 있다. 그럴 때 우리는 괴로워하게 된다. 불편하지만 지속해야 할 관계는 어떻게 받아들여야 할까?

앞에서 언급한 시를 빌려 답하자면 한 사람을 만나는 것은 그 사람이 형성된 과거, 지금 내가 만나고 있는 현재, 앞으로 지속하게 될 미래를 모두 안고 오는 사건이다. 따라서 그 사람이 지금의 모습으로 갖춰지게 된 과거를 이해하게 된다면 그에 대한 불편함을 어느 정도 수용할 힘이 생긴다. 우리 삶에 완벽한 것은 없다. 완전한 사람도 없다. 내가 불완전하고 흔들리는 사람이듯 오늘 내가 마주하는 관계의 주체인 상대방도 약하고 흔들리며 과거를 지나온 사람이다. 어쩌면 이것이 다른 존재도 아닌 사람을 만날 때만이 느낄 수 있는 사람 냄새인지도 모른다.

사람과 사람이 만난다는 것은 완벽한 일치와 아름다움이 있어서라기보다 오히려 서로가 불완전함에도 이해와 고마움을 바탕으로 세월을 이어가는 데 그 귀함이 있다.

당신이 걸었으면
좋겠다

우울함을 느낄 때가 있다. 그것은 어떤 외부적인 요인에서 기인할 수도 있지만 스스로 그 원인을 파악하기 어려운 우울함을 경험할 때도 있다. 가끔 울적한 기분이나 외로움을 느낀 경우는 있었지만 우울증에 대해 관심을 갖고 깊게 생각해본 적은 없었다. 그런데 타지에서 홀로 지낸 지 2년 정도 되었을 때, 특이한 증상이 밀려오기 시작했다. 모든 일이 귀찮고 싫었다. 흥미 있던 일이나 열정을 가지고 해왔던 일들이 시들해지다 못해 무의미하게 느껴졌다. 아침이 시작되는 부담감이 너무 커서 침대에 누운 채로 일어나기 싫었다. 아니, 일어날 수가 없었다. 잠이 많아졌고 늘 피곤했다. 아무리 많이 쉬어도, 아무 일을 하지 않아도 너무 피곤

117

해서 아무것도 할 수 없었다. 어떤 날은 먹지도 않고 누워있기만 했다. 열정적으로 살았던 때와 비교되면서 현재의 내가 더 초라하게 느껴졌다. 지인들이나 친구들에게 연락이 왔을 때도 받지 않거나 피했다. 무기력감이 심한 날은 종일 잠을 자며 물을 마시고 화장실을 간 것 외에는 한 일이 없을 때도 있었다.

그런데 그때까지도 이런 증상이 우울감에서 시작된 우울증일 수도 있다는 생각은 하지 못했다. 일상생활의 지장이 생기기 시작하면서 무언가 잘못되고 있다는 생각이 들었다. 모든 것이 그립기만 했다. 분명한 것은 내가 지금 심한 우울과 무기력함으로 힘들다는 사실이었다. 다른 사람의 일이라고만 생각했던, 그래서 그 단어조차도 너무 흔해진 것 같아 쓰지 않았던 '우울증'이 아닐까?

나의 문제로 인식하지 못했던 우울증의 증상이나 우울감에 관한 이야기를 들을 때면 그런 상태에 이른 본인에게 문제가 있거나 혹은 나약해서 걸려든 덫이라고만 생각했었다. 손가락을 들 힘도 없는 것이 이 덫에 빠진 사람의 정확한 상태였다. 하루에도 몇 번 가족들과 영상 통화를 하고 가까운 사람들에게 오는 문자나 이메일에 답장을 하긴 했지만, 그건 나의 생존을 염려할 사람들에 대한 최소한의 배려였다. 그들 앞에서 우울하다고 말할 용기가 없었다. 아무도 없는 빈 공간에 가만히 있는 상태가 편안하게 느껴지기까지 했다. 그때 할 수 있는 일은 누워서 천장을 바라보는 것뿐이었다. 3주가 넘게 바깥에 나가지 않고 집에만 있었다. 이렇게도 살 수 있구나 싶었다. 식재료가 더 이상 남아있지 않은 상태가 되어도 나가고 싶은 마음이나 의욕이 생기지 않았다. 그저 가만히 누워있고만 싶었다. 하염없이 천장을 바라보다가 '모든 문제의 해결은 나 자신이 지금 그런 문제 속에 있다는 사실을 인식하는 것에 있다'라는 생각이 들었다. 불현듯 찾아온 생각이었다. 그 누구도 대신 해결해줄 수 없는 일이었다.

수도 생활을 배우던 시절, 몸을 움직이는 것이 생각을 단순하게 하도록 도와준다는 말을 들었다. 무기력의 동굴에서 나오기 위해 몸을 움직이는 것부터 시작했다. 생각이나 감정에 집중하기보다 반사적으로 아침에 눈을 뜨면 몸을 움직이기로 했다. 살기 위해 움직여야 한다는 생각만 했다. 눈을 뜨면 해가 들어오도록 창문을 열고 세수를 했다. 누군가에게는 당연한 일상의 행위겠지만 당시 나에게는 큰 결심이 필요한 행동이었다. 그리고 운동복을 갈아입고 집 문밖을 나갔다. 단 10분 만이라도 걷자고 마음먹었다. 아침에 일어나서 걷는 일을 무의식적으로라도 행동에 옮길 수 있도록 몸을 길들여야 했다. 결심을 이룬 성공적인 날은 무언가 해냈다는 마음과 하루의 시작을 걷는 일로 출발한 상쾌함이 있었다. 덕분에 집으로 돌아와 다른 일들을 시작할 수 있었다. 10분씩 걸었던 시간을 일주일에 5분씩 늘려갔다. 자리를 털고 일어나 나온 세상은 평범했지만 눈부셨다. 주로 집 주변의 과일 가게와 상점들이 있는 길을 걸었는데 이른 아침부터 분주하게 움직이는 사람들을 보니 나도 무엇인가 할 수 있겠다는 마음이 올라왔다. 그리고 일상의 평범한 일들이 소중하게 느껴졌다.

몸을 움직인다는 것은 살아있음이다. 몸을 움직여 생각을 단순히 하고 마음의 먼지들을 털어내는 것은 삶의 필수적인 요소다. 서서히 우울함의 늪으로 빠지고 어느새 나도 모르게 일상적인 일들도 놓아버렸던 것처럼 그 늪에서 나오는 과정 역시 조금씩 시작되고 있었다. 작은 일이지만 소소한 결심을 실행으로 완성하고 그것을 격려하며 계속하도록 응원할 수 있는 사람은 바로 나 자신이었다. 몇 달 동안 겪었던 이 삶의 시간이 참 길게 느껴졌다. 나와는 관계없는 사람들이라고 구분 지었던 우울함을 겪고 있는 사람들이 다르게 보였다. 사람은 누구든지 어떤 일이든지 겪을 수 있다. 우리가 살아가는 인생에 그럴 수 없는 일은 없다.

깊게 빠졌다 나온 자리에서 다시 빠지지 않기 위해 조심한다. 출구 없는 시간에 다시 갇히고 싶지 않다. 그 어둠의 고통은 그것을 겪고 있는 본인이 가장 힘들고 무겁기 때문이다. 행여 다시 그런 시간에 들어갈까 염려되어 매일 아침 걷는다. 짧게라도 걷다 보면 일과 중에는 볼 수 없었던 새로운 것을 보게 된다. 걷고 돌아온 하루의 시작은 활기차다.

깊은 우울과 무기력함은 주변의 도움과 때론 전문가의 판단이 필요하겠지만 일어나 자리를 털고 걸어보라는 말을 하고 싶다. 문밖을 나서기까지 얼마나 힘들지 잘 알지만 그래도 걸었으면 좋겠다. 그 발걸음을 통해 분명 다시 시작할 힘도 얻을 것이다.

육체의 움직임이 가져오는 단순함은 갇힌 동굴의 또 다른 출구다. 움직임을 통해 생각을 털어내고 마음을 정리할 수 있다. 이것은 우리를 평화로 이끌어 준다.

실천하면 알게 되는
정돈의 비밀

정돈에 대한 이야기를 하려고 하니 내가 이런 말을 할 자격이 있는지 돌아보게 된다. 하지만 실패담이나 부끄러웠던 과거에 대한 진솔한 이야기가 더 생생한 표지판이 되리라 자위해본다. 잘하지 못했던 시간이 있었기에 지금 잘할 수 있는 것은 어찌 보면 당연한 이치가 아니겠는가?

난 참 정리를 못했었다. (그러니까 철저하게 과거형이다. 현재는 잘하고 있다.) 그 못한 정도가 모두에게 인정받을 만큼 철저하게 못했다. 아니, 정리의 필요성을 깨닫지 못했기 때문에 하지 않았다는 말이 더 정확하겠다. 정리에 대한 깨달음을 얻기 전까지 정리나 청소 등의 활동은 나에게는 시간이 남을 때 한번 해보는 일이었다. 혹은 누군가 나의 어지럽혀진 공간에 들어온다고 했을 때 갖추는 전투태세 같은 특별한 행동이었다. 그랬기 때문에 수도 생활을 하고자 처음 수도원에 입회했을 때 청소와 정리에 대한 이야기나 시간을 가질 때면 종일 기도하는 것보다 어렵고 힘들었다.

이쯤에서 수도원의 청소 문화에 대해 이야기를 하자면, 수도원의 청소는 단순히 더러운 곳을 닦고 물건을 제자리에 두는 정도가 아니다. 그곳에서의 청소는 (나의 기준에서는) 모든 공간을 바로 누워서 잘 수 있을 만큼 만들어 놓는 상태였다. 입회를 하고 가장 먼저 배우고 익힌 것 역시 생활하는 공간을 정리하고 청소하는 방법이었다. 서랍장을 정돈하고 물건을 수납하는 것까지도 모두 정해진 방법이 있었는데 당시에는 원하는 삶을 살고 싶어서 배우고 익혔던 시간이었다. 그리고 수도원을 떠나면서 나는 수도원의 청소와 정돈을 잠시 잊었다.

그렇게 잊고 지냈던 정리가 떠올랐던 것은 지독히도 무기력하고 의욕이 없던 로마에서의 어느 날이었다. 꼭 필요한 일 이외에는 침대에 누워서 보내는 나날이 차곡차곡 쌓여갔고 그런 나의 모습이 시체처럼 느껴져 구역질이 날 지경이 되었을 때, 나는 무언가 심각하게 잘못되어 가고 있다는 사실을 자각했다.

침대 주변에는 너저분한 물건들이 널브러져 있었고, 책상 위는 공간을 찾는 것이 유적을 찾는 것보다 어려운 상황이었다. 화장실은 공중 화장실이 더 깨끗할 만큼 심각했고, 주방은 어딘가 바퀴벌레 공동체가 형성되었을지도 모를 일이었다. 그럼에도 불구하고 내 몸은 무겁기만 했으며 움직이고 싶지 않았다. 명랑하기로는 둘째라면 서러울 만큼 밝은 내 성격은 옛말이 된 것 같았고 나는 이유 없이 울적하며 의욕이 없었다. 그것은 마치 입구가 없는 동굴 속에 혼자 남은 느낌이었다. 그런 어둠 속에서 있을 때 주변을 정리하고 싶은 마음이 불쑥 올라왔다.

무기력과 우울의 터널을 나올 수 있었던 결정적 계기는 정리를 시작한 날의 아침이었다. 나는 용맹한 전사가 되어 나를 지배하는 무기력과 싸우기로 다짐했고 첫 번째 전투를 정리로 잡았다. 생각만 하고 해야 한다는 압박감을 품고 침대에 누워있을 때는 막막하기만 하던 일이 막상 일어나서 치우고 버리며 닦다 보니 할 수 있는 일이 되어 있었다. 먼지를 털고 구석구석 깨끗이 닦으며 나는 다시 활기를 찾았다. 그리고 다시 시작할 수 있겠다는 자신감을 얻었다. 그날 청소를 마치고 깨끗해진 방에 앉아 둘러보니 미뤄둔 일들을 하고 싶다는 의욕이 밀려왔다. 몽롱한 아침에 진한 커피를 마신 것처럼 머릿속이 반짝였고 기분은 상쾌했다. 정돈의 필요성을 절절하게 깨달은 날이었다. 정리를 하면서 받은 느낌이 너무 좋아 어디 광장에라도 나가 외치고 싶은 심정이었다.

그날 이후로 나름대로 정돈하는 방법을 찾게 되었다. 그러고 보니 청소에 대한 책이나 이야기도 많다. 청소의 힘을 강조한 책이 베스트셀러에 오를 만큼 많이 팔렸다는 소식도 들을 수 있다. 모두가 각자에게 맞는 방법이 있을 것이고 이런 세세하고도 전문적인 이야기들은 이미 책으로 많이 나와 있지만 잠시 지면을 빌려 나의 이야기를 하자면, 정리를 할 때는 작은 구역부터 시작하는 것이 좋다. 예를 들면, 책상을 잘 치워보자는 목표나 화장실의 세면대만 닦아보자 등의 다짐이다. 부담스럽지 않게 시작하면 할 수 있을 것 같다는 마음 때문에 몸이 움직인다. 그리고 중요한 한 가지는 '설거지는 미루면 안 된다!'는 것이다. 설거지라는 일의 특성상 한 번 미루면 되돌리기가 어려워진다. 때로는 '청소의 날'이나 '미화 축제' 같은 이름을 붙여 복장을 가다듬고 씩씩한 마음으로 쓸고 닦는 것도 권해본다. 그 이유를 실천해 보는 사람들은 금방 느낄 것이다.

정돈된 환경은 일의 능률을 높이고 집중하기 쉬운 상태

로 만들어 준다. 정갈한 삶은 우리 삶의 꼭 필요한 것이 무엇인지 보다 선명하게 알려준다. 창의적 활동에 있어서도 이것은 예외가 아니다. 오랫동안 작가 생활을 하신 화가 선생님의 작업실이나 글을 쓰는 선배의 집무실을 방문해 보면 영화에서 봤던 것과는 조금 다른 장면을 마주하게 된다. 광기 흐르는 화가가 사방에 물감을 묻혀가며 이곳저곳에 담배꽁초가 흩어져 있을 것 같은 작업실을 연상하지만 대부분의 경우 좋은 작업을 하는 작가의 작업실일수록 깨끗하고 정리가 잘 되어 있다. 잘 정돈되어 있는 환경은 불필요한 시간을 줄여주고 작업의 완성도를 높이는 데도 큰 역할을 한다. 음식을 잘하는 요리사일수록 청결을 강조하는 것도 같은 이유일 것이다.

여러 이유와 사례를 들어서 정돈과 청결을 강조한다 해도 스스로 이를 실천하고 그 효능을 경험하는 것보다 더 강력한 외침은 없다. 궁금하지 않은가? 실천하면 알게 되는 정돈의 비밀! 지금 당장 주변을 둘러보자.

도망치지 않는
삶

친구가 예고도 없이 갑자기 찾아왔다. 대한민국도 아니고 한 동네도 아닌 멀리 이탈리아까지 나를 만나러 왔다. 언제 보아도 몇 번을 만나도 반가운 얼굴이지만 그를 맞이하러 나간 공항에서 나는 친구의 방문 목적이 단순한 여행이 아님을 읽었다. 언제나 주어진 일이나 상황에 있어서 성실한 사람이었기에 그의 얼굴에서 느껴진 무거움이 언제 어디서 시작된 그늘인지 헤아리기 어려웠다. 우리는 말도 없이 기차를 타고 집으로 왔다. 오랜 비행으로 지쳤을 그의 속을 달래주기 위해 얼큰한 찌개를 끓이고 구하기 힘든 아껴둔 소주도 과감히 꺼냈다. 갑작스러운 방문의 이유 따위는 묻지 않고 그저 우리는 일상의 잡다한 이야기들만 늘어놓았다. 그렇게 평소와 같은 수다를 이어가던 우리 사이에 잠시 침묵이 들어왔다. 나는 그 침묵의 자리에서 멈췄다. 친구의 목구멍에 걸린 무엇이 머뭇거리고 있었다.

"답답하다."

그리고 친구는 소리 내어 엉엉 울었다. 나는 그의 울음이 잦아들 때까지 기다렸다. 그는 그렇게 한참을 어린아이처럼 울었다. 가정과 일, 삶의 크고 작은 문제와 갑작스러운 주변의 병고 등으로 그는 궁지에 몰려 있었다. 울음을 멈춘 그의 입술을 통해 밤이 깊도록 친구의 상황을 들었다. 그가 어떤 절박함에 처해있는지 알 수 있었다. 외적인 힘겨움 말고도 그는 자신이 살아온 성실한 삶이 답답하고 무의미하게 여겨지는 내적인 싸움도 함께 치르고 있었다. 친구는 벗어나고 싶다는 말만 반복했다. 무엇이 그리 답답한지 모든 것을 다 던져버리고 훌훌 떠나고 싶어 했다. 어디로 떠나도 삶의 문제들이 쫓아올 것이라는 사실도 모르지 않았다. 그러면서도 도망칠 수 있는 방법을 생각했다. 자신이 왜 그런지 모르겠다고 말했지만 그의 문제를 가장 잘 아는 사람은 친구 자신이었다.

우리는 함께 찌개를 끓여 먹고 싸구려 포도주를 기울이는 시시한 일상을 좀 더 보냈다. 나는 가능한 친구가 혼자 있을 수 있도록 도와주었다. 그리고 내가 가지고 있던 각종 미술 도구와 종이, 재료들을 마음껏 사용해도 좋다고 말해 두었다. 손재주가 없다며 큰 관심을 보이지 않던 친구는 간단한 재료들을 꺼내기 시작했다. 그리고 알 수 없는 낙서를 종이에 채워나갔다. 열흘이 지나고 선과 끄적거림이 가득하던 종이에 색이 덧입혀질 즈음 친구는 갑자기 가방을 싸기 시작했다. 다시 자신의 자리로 돌아갈 힘이 생겼다고 했다. 나는 아무것도 묻지 않았다. 그저 그가 남겨 놓은 낙서를 단서로 그가 자신에게 닥친 문제를 직면하고 돌아갈 힘을 얻었다는 것만 어렴풋이 짐작했다. 친구는 갑자기 왔던 것처럼 그렇게 떠났다. 다행히 그 모든 혼란의 시간을 마무리하고 잘 살아가고 있다.

우리는 삶에 아무 문제가 없기를 기대한다. 그런 삶이 편안하고 좋은 삶이라고 생각한다. 그러나 겉으로 평화롭게 느껴지는 사람일지라도 저마다 크고 작은 고민과 어려움을 가지고 있다. 위기의 순간에 마주친 문제들을 보면서 이 문제가 해결되면 근심이 없겠다고 생각하지만 얼마 지나지 않아 또 새로운 문제들이 찾아온다. 이런 문제에만 집중하다 보면 삶은 고단해진다.

어려움과 고통을 바라고 좋아하는 사람은 없다. 또한 그

것이 어디로부터 왔고 무엇 때문에 존재하는지 명확하게 대답할 수도 없다. 분명한 것은 우리의 삶에 어려움과 고통이 존재한다는 것이다. 그런데 이런 어려움과 고통은 때론 유용한 삶의 신호가 된다. 즉 통증이 몸의 병을 드러내어 우리로 하여금 병이 있음을 자각하게 하듯이 삶의 문제와 갈등은 때때로 우리가 미처 생각하지 못했던 나를 알게 해준다.

나는 십 대와 이십 대를 보내면서 크고 작은 도전이나 어려움이 닥쳐올 때면 이런 괴로움이 없는 곳을 찾았다. 그 당시에는 내가 어려움을 피하기 위해 도망치고 있다는 사실을 알지 못했다. 어려움과 갈등을 피해 왔다는 사실을 깨닫게 된 것은 고향을 떠나 지구 반대편 타지에 살면서부터다. 이곳에서는 더 이상 도망갈 곳이 없었다. 모든 것을 걸고 도전한 배움이었다. 주변에서 외로움과 낯선 환경의 어려움 등을 이유로 모두가 만류할 때 떠나온 것은 나였다. 철저한 자의적 선택이었기에 원망할 사람도, 핑계 삼을 이유도 없었다.

새로운 언어와 환경에 적응하면서 보냈던 타지에서의 첫 1년은 외로움이나 어려움을 느낄 겨를 없이 지나갔다. 그러나 환경이 익숙해지면서 깊은 외로움과 우울감이 밀려왔다. 별것이 다 그립고 보고 싶었다. 한인회나 한국 사람들의 커뮤니티조차 몰랐던 그때는 한국어를 한마디도 하지 않고 지나가는 날도 많았다. 전화기를 열어 지인들의 프로필 사진과 짧은 글들을 샅샅이 정독했다. 그러고도 알 수 없는 헛헛함이 사라지지 않으면 새로울 것이 없는 신문 기사를 계속 읽었다. 텔레비전 화면에 스쳐 지나가는 평범한 아주머니의 정겨운 인터뷰가 그리움이 되어 울컥하기도 했다.

한 번 수렁으로 빠진 마음은 나름의 노력에도 올라오지 않았다. 철저하게 자의적인 선택으로 얻게 된 타국에서의 삶인데 그 설렘과 노력이 무색할 만큼 나는 지쳐 있었다. 떠나올 때의 그 열정은 밋밋하고 차가웠다. 그림과 예술을 배우고 경험하겠다는 마음은 외로움이라는 문제 앞에서 힘을 쓰지 못했다. 마음이 나약해져 있을 때 선택에 대한 회의도 밀려왔다. 이와 함께 막연한 미래에 대하여 불안감도 더해졌다. 공부를 마치고 돌아간다고 해서 보장되는 것은 아무것도 없었다. 처음부터 무엇을 이루기 위해 시작한 것은 아니었지만 현실에 대한 자각은 항상 마음의 갈등이 깊어졌을 때 밀려온다. 합리적 판단을 도와주려고 주변에서 조언해줄 때는 귀 기울이지 않던 말들이 매우 타당한 이유가 되어 예술 공부를 포기하도록 설득하고 있었다.

더 이상 이토록 힘겹게 참고 버티는 것은 아니라는 판단에 이르렀을 때 한국행 비행기를 검색했다. 나는 가장 빨리 돌아가는 비행기 표를 찾았다. 눈이 충혈되도록 표를 검색하다가 발견한 것은 타국에서의 어려움 앞에 짐을 싸고 있는 내 자신이었다. 나는 여태까지 살아왔던 방법을 다시 반복하고 있었다. 인정하고 싶지 않았지만 어려움과 감당하기 힘든 일을 만났을 때마다 도망 다녔던 시간들이 머리를 스치고 지나갔다.

늘 어떤 상황을 회피하고 떠날 때는 적당히 체면을 구기지 않을 만한 이유로 포장하면서 지나온 것이다. 그러나 언제까지 도망자의 신세로 살 수 없었다. 이제는 반복되는 패턴을 끊고 싶었다. 그렇게 살아왔던 나의 습성을 끊어야지만 한 발 성장할 수 있겠다는 생각이 들었다. 외로움과 다가올 많은 어려움을 이겨낼 자신은 없었다. 하지만 지금 이 어려움을 피하고 다른 자리로 가면 그 옮겨간 자리에서 새로운 어려움과 갈등이 찾아올 것이 분명했다. 나에게 필요한 것은 고비를 넘기는 힘과 잘 겪어내는 경험이었다.

그날 나는 한국행 검색을 멈추었다. 그리고 처음 이곳에 올 때 계획했던 과정을 마치고 귀국 짐을 싸야겠다고 생각했다. 많은 어려움에도 계획한 과정을 마치고 귀국하게 된다면 처음으로 도망가지 않는 선택을 실현하는 경험인 것이다. 어떤 어려움이 기다리고 있는지 알 수 없지만 이제 도망가는 어린이로 살아가는 것을 멈추고 싶었다. 예술 공부만큼이나 중요한 또 하나의 이유가 생긴 것이다. 직면하게 된 도전을 피하지 않기로 다짐했다. 나는 그렇게 다시 짐을 풀었다.

깨달음을 얻기 전에는 일어나지 않겠다는 보리수나무 아래 석가모니의 결심도 이러했으리라.

혼자 머무는
시간의 힘

홀로 머무는 시간에는 힘이 있다. 사회적 존재인 인간은 관계를 통해 자신의 정체성을 확인하고 소속감을 느낀다. 혼자 있는 시간은 기회이며 다음을 위한 준비가 된다. 하지만 이런 소중한 기회임에도 불구하고 홀로 남겨지는 시간에 익숙하지 않거나 그 의미를 제대로 깨닫지 못하면 혼자 머무는 시간은 무척이나 지루하고 심심한 시간이 된다. 아니, 지루함과 심심함을 느낄 수 있다면 다행인지도 모른다.

지금 우리가 살아가는 시대는 우리를 잠시도 심심하게 놓아두지 않는다. 모든 사람의 필수품이 되어버린 스마트폰은 버튼을 몇 번 누르기만 하면 지루하고 따분한 시간을 순식간에 날려버리는 도구가 되고 친구가 된다. 인터넷에는 흥미롭고 신기한 영상들이 넘쳐나며 사람들은 오히려 홀로 남겨져 오감을 만족시키는 오락거리들을 즐기고 싶어 한다. 이런 현상은 아이들이나 어른들 모두에게 공통적으로 일어나는 일이다. 한적한 시간에 책을 읽고 음악을 듣던 사람이 인터넷을 통해 재밌는 영상들을 시청하게 되면서 수동적인 자세로 흡수하는 오락거리를 찾게 되었다.

이는 심신이 지친 사람들에게 즐거움과 휴식이 되기도 하지만 그만큼 우리는 사색하고 새로운 생각을 이끌어내는 일을 게을리하게 되었다. 아이들의 모습도 변했다. 동서를 막론하고 블록 놀이를 하거나 그림책을 읽거나 그림을 그리면서 지루함과 심심함을 달래던 아이들은 언제 어디서든 스마트폰을 쥐여주는 것만으로도 몇 시간이고 어른들을 성가시게 하지 않고 얌전하게 잘 논다. 물론 시대가 변했기 때문에 스마트 기기들을 통해 학습하고 사회를 이해하는 과정도 필요하다. 하지만 우리는 점점 심심할 권리마저 뺏기고 지루할 틈까지도 넘겨준 것은 아닌지 생각해 볼 일이다.

아이들이 지루해하거나 심심해하는 모습을 보면 어른들은 불안에 빠진다. 아이의 행복이 심심함이나 지루함과는 비례할 수 없다고 여긴다. 하지만 심심함과 지루함은 어른, 아이 할 것 없이 생각하고 사유할 수 있는 시간으로 인간 존재에게 매우 유익하고 긍정적인 상태이며 나아가 필수적이다. 심심함은 우리가 극복해야 할 상태가 아니다. 심심함을 느끼는 순간은 매우 긍정적인 신호를 발견한 때이며 좀 더 창의적인 생각이나 활동으로 넘어갈 준비가 된 상태를 의미한다. 심심함은 모든 발상의 근원지다. 즉 심심함은 '재미의 결핍'으로 볼 수 있는데, 재미가 결핍된 상태를 경험하면 사람들은 '재미'를 구하기 시작한다. 스마트 기기도, 인터넷도 없던 어린 시절 깊은 산에 놀러 간 기억이 있다. 아무것도 없는 상태인 낯선 곳에서 심심함을 느끼자 아이들은 놀거리를 찾기 시작했고 주변에 놓인 모든 것은 놀이거리가 되었다. 나와 다른 아이들은 돌과 나뭇가지, 나뭇잎과 흙만으로도 무언가를 만들고 즐거워했다.

창의적인 활동은 어떤 의미에서 '놀이'의 연장이기도 하다. 예술은 넓은 의미에서 놀이다. 즐거운 놀이를 하면서 누군가의 눈치를 보거나 사람들의 반응을 살피는 등의 행동을 하는 사람은 없다. 예술 활동이 주는 자유로움은 그것이 진정한 놀이가 될 때 가능하다. 그렇게 생각해보면 재미가 결핍된 심심한 상태는 틀에 얽매이지 않고 더 재밌게 놀기 위한 시간이다. 혼자 있는 시간은 심심함에서 시작된다.

혼자 있는 시간은 내면으로 향하는 길이다. 우리의 내면은 그 어떤 조언자보다 분명하게 각자가 처해있는 상황과 문제의 답을 갖고 있다. 단지 내면의 소리가 주변에 묻혀 들리지 않을 뿐이다. 홀로 있는 시간은 그런 주변의 많은 소리로부터 우리 자신을 떼어 놓도록 도와준다. 그로 인해 우리는 진정한 원인, 문제의 해결점, 나아가야 할 방향 등 우리가 찾고자 하는 답을 들을 수 있다. 많은 경우 삶의 답은 자신의 내면에 이미 존재하고 있다. 그것은 나를 가장 잘 아는 사람이 바로 자기 자신이기 때문이다.

우리 안에는 때때로 섬광처럼 스치고 지나가는 좋은 아이디어나 생각들이 많다. 그런데 그런 생각들은 반짝이는 순간이 지극히 짧고 그 소리가 미미하여 예민하게 촉각을 세우고 듣지 않으면 들리지 않고 보이지 않는다. 무질서하리만큼 떠오르는 아이디어는 창의적 활동의 기초가 되고 삶의 새로운 전환이 된다.

홀로 머무는 시간의 중요성은 비단 예술 활동이나 창의적인 아이디어를 이끌어 내야 하는 사람에게만 국한된 것은 아니다. 혼자 있는 시간의 필요성은 어떤 일을 하든지 누구에게나 중요하며 보장되어야 한다.

종교적인 목적에서 예술적인 작품 활동을 위해 혹은 사업 구상이나 정치인들의 정국 구상, 중요한 시험을 앞둔 학생들의 시험공부에 이르기까지 사람들은 중요한 일을 준비하면서 깊은 침잠의 시간을 갖는다. 그런 시간은 에너지를 모으는 시간이며 집중하는 시간이다. 가장 중요한 것만 남겨두기 위해 나머지 것을 기꺼이 털어내는 시간이다.

여기서 이야기하는 홀로 머무는 시간은 단순히 세상이 싫어서 마음을 닫고 홀로 은둔하며 지내는 외톨이의 모습과는 다르다. 사람과의 관계에 염증을 느끼고 도망치는 '혼자 있음'은 폐쇄적이다. 이런 폐쇄적인 고독은 고립을 가져오고 소외감을 남길 뿐이다. 그런 홀로 됨은 내면으로 들어가도록 이끌기보다 외부와의 차단과 혼자만의 세상에 자신을 가두도록 독려한다. 생기를 불어 넣어주고 새로운 아이디어를 꺼내도록 이끌어주는 홀로 머무는 시간은 다시 활동하기 위해 준비하는 시간이며 내가 속한 사회에 돌아가기 위한 떨어져 있음이다.

내 안에는 나 혼자 사는 고독의 장소가 있다.
그곳은 말라붙은 마음을 소생시키는 단 하나의 장소다.

— 펄벅

소설가 펄벅은 고독에 대해 마음을 소생시키는 단 하나의 장소라는 말을 남겼다. 홀로 있는 시간을 통해 다시 살아갈 힘을 얻는다면 그 시간이 하루에 단 몇 분일지라도 그런 삶의 여백을 마련할 수 있어야 한다. 마음을 되살리는 고독, 다시 살아갈 힘을 얻는 혼자 있는 시간은 어떻게 보내야 하는가?

이에 대한 답변으로 조금은 생소하게 들릴 수 있는 '침묵'이라는 단어를 꺼내본다. 침묵은 단순히 말을 하지 않는 행위를 의미하는 것만은 아니다. 침묵은 우리의 모든 감각에 적용시킬 수 있다. 화살이 과녁의 중심을 향해 나아가듯이 모든 감각과 에너지를 한 곳에 집중하기 위하여 그 이외의 감각과 힘을 잠시 내려놓는 것이다. 그러기 위해서는 우리에게 너무도 익숙한 환경을 잠시 차단할 필요가 있다.

오랫동안 혼자 지내온 지인은 집에 들어가서 잠들 때까지 텔레비전을 계속 틀어둔다. 혼자 있을 때의 적막감이 어색하고 싫어서 갖게 된 습관이라고 했다. 심지어 잘 때도 약간의 소음이 있어야 잠들 수 있기에 항상 텔레비전이 틀어져 있다. 습관이 되어버린 소리는 적막함을 견디기 어렵게 만든다. 언제나 켜져 있는 전화기는 외부의 메시지와 알림에 항시 노출되어 있다. 이것은 단순히 우리의 연락수단이 연결되어 있는 것을 넘어서 그만큼 우리의 집중력, 내면으로 들어가 충전할 시간을 언제든 박탈당할 수 있다는 의미이기도 하다. 알고 지냈던 작가 중에 한 명은 하루에 휴대전화를 확인하는 시간을 정해놓고 작업실에 있을 때는 휴대전화를 박스에 넣어 두었다. 그런 그의 모습을 보면서 집중하기 어려운 환경에 자신만의 방법을 찾아 에너지를 모으려는 그의 노력이 크게 느껴졌다.

홀로 머무는 시간이 진정한 의미를 갖고 그 진가를 발휘하기 위해서는 공간적·환경적으로 떠나있을 수 있어야 한다. 그 시간이 단 몇 분일지라도 말이다. 언제 어디서나 와이파이를 연결하여 세상과 소통하고 모든 소식과 소리에 열려있는 세상이다. 그만큼 나를 잃어버리기 쉬운 세상이다. 혼자 있는 시간은 흔들리는 나에게 든든한 힘이 되어줄 것이다. 내 마음의 꺼져가는 불씨를 다시 살려줄 한 줌 바람이 된다.

어떤 일을
계속하는 것

10년 전만 하더라도 어떤 일을 시작하면 계속하기보다 포기하는 것이 더 익숙했다. 몇 번의 진로 변경과 그만두는 이력이 쌓여가면서 시작하는 것조차 두렵기도 했다. 우여곡절 끝에 예술을 공부하는 길을 정하고 먼 길을 떠나려 했을 때, 할머니는 내게 짧은 한마디를 건네셨다.

"무슨 일이든 한 10년은 해야 한다."

성향적인 부분도 있었다. 유연하고 변화를 잘 받아들이는 성격과 뛰어난 적응력 그리고 민첩한 판단은 진득하게 한 우물을 파는 것에 익숙하지 않았다. 그랬던 내가 계속하는 것에 대한 긍정적인 측면을 발견하고 실천하게 되면서 삶이 변하기 시작했다.

그림을 그리고 예술을 공부하기로 결정한 후 나는 당분간 진로나 길에 대한 고민 자체를 멈추기로 다짐했다. 그런 의지를 다져야만 할머니의 말씀처럼 10년은 걸어갈 수 있을 터였다. 그렇게 그림을 그리고 문화에 대한 공부를 지속하면서 어떤 일을 계속하는 것이 가져오는 긍정적인 효과를 경험할 수 있었다.

마라톤이나 달리기 등 격한 운동을 하면 심장 박동이 증가하면서 견디기 힘든 사점(Dead Point), 즉 고통의 순간이 찾아온다. 이것은 무언가를 꾸준히 행하려고 할 때도 찾아오는데 한두 번 이런 시간을 견디다 보면 인내하는 힘이 커지게 된다. 달리기를 하면서 사점을 넘기면 편하게 느끼게 되는 단계(Second Wind)가 찾아오는 것과 같다. 마라톤에서도 사점을 넘기고 이런 단계를 경험하게 되면 비로소 완주할 수 있다. 지속하는 힘과 인내력의 증가는 선순환의 효과를 가져오면서 어려움을 견디고 계속 나아가는 힘을 더 증가시킨다.

꾸준히 행하면서 겪게 되는 포기하고 싶은 순간과 어려움을 넘기다 보면 내 자신이 극복하며 이겨내고 있다는 것에 대한 만족감을 경험하게 된다. 그 경험이 삶의 자신감이 되고 든든함이 되며 자존감을 높여준다. 새로운 일을 쉽게 시도하지 못하는 사람에게 작은 과업을 반복해서 이룰 것을 강조하는데 이것은 작은 성공의 경험이 하나의 힘이 되고 이를 통해 조금 더 큰 시도와 성공을 이룰 수 있기 때문이다.

1만 시간의 법칙이 나올 만큼 지속하는 것, 무언가 계속하는 것은 그 일을 잘하도록 만들고 전문가가 되게 한다. 혹자는 1만 시간이라는 수치에만 집중하여 1만 시간을 채우는 것에만 의미를 두는데, 이것은 개개인의 능력에 따라 조금 더 증가할 수도 있고 줄어들 수도 있다. 중요한 것은 그만큼 계속하는 것이다. 그런데 계속하기 위해서는 시간을 정하고 목표로 설정해서 의식적으로 노력해야 할 필요가 있다. 계속한다는 것은 쉽진 않은 과업이다. 우리는 생각보다 참는 것에 익숙하지 않다. 예를 들어, 그림을 연습하겠다고 목표를 정하고 일정한 시간 익히고 그러다가도 과연 이렇게 연습하는 것이 최선인지 이내 고민한다. 그리고 좀 더 빠르고 쉽게 가는 길은 없을까 두리번거린다.

친분이 있는 디자이너가 틈틈이 그린 나의 동물 펜화를 보고 자신이 그런 능력을 가지게 되면 업무에 큰 도움이 될 것 같다며 연습할 수 있는 방법을 알려달라고 했다. 매번 수업을 할 수 있는 형편도 아니었기에 나는 혼자서 연습할 수 있는 방법과 약간의 팁을 알려 주었다. 하지만 기본적으로

대상을 보고 그리는 그림은 형태력을 연습하고 펜으로 명암을 표현하는 것이 필수적으로 갖춰져야 했다. 그런 힘을 기르기 위해 일정하게 연습해야 할 지루한 과정이 있었다. 1년이 지나고 다시 지인을 만나게 되었을 때 나는 그가 얼마나 멋지게 성장해 있을까 두근거리기까지 했다. 그러나 다시 만난 자리에서 그는 몇 번 연습한 스케치북을 들고 나와 이렇게 말했다.

"생각보다 너무 지루하고 이렇게 하나하나 펜으로 다 긋고 표현해야 하는 것이 힘들더라고. 꼭 이렇게까지 해야 하나 싶기도 했고 말이야."

그는 나에게 조금 더 빠르고 쉽게 익히며 연습할 방법은 없는지를 물었다. 그런 방법을 알고 있다면 알려 주고 싶었지만 적어도 나에게는 그렇게 몇 번의 연습만으로 대상을 자유롭게 표현하는 능력을 키울 비법 같은 것은 없었다.

습관처럼 퇴사를 반복하는 후배가 있었다. 평균적으로 2년에 한 번씩 퇴사를 했는데 처음에는 다양한 업무를 경험하고 싶어서 그런가 보다 했다. 하지만 네 번째 퇴사를 하는 모습을 보고 나의 지난날과 겹쳐져 혹시 계속하지 못하는 것이 습관이 되면 어쩌나 하는 걱정이 앞섰다. 그 동생의 삶에 괴로움과 고민이 없다면 그것도 삶의 한 방법인가보다

라고 생각했을 텐데, 동생은 어느 날 술을 사달라며 찾아왔
고 입사와 퇴사를 반복하면서 스스로도 고민과 마음고생을
했다고 털어놓았다. 그러면서 자신의 삶이 어디서부터 엉
켰는지 모르겠다는 푸념을 남겼다. 그는 자신의 운명과 팔
자까지 거론하며 어떤 방법을 취하면 자신 있게 한 가지 일
을 꾸준히 할 수 있을지 물었다.

　나는 오직 내가 경험한 일만 말해줄 수 있었다. 지난날
내가 경험하며 알게 된 것은 '어떤 일을 시작하고 얼마 지나
지 않아 그만두는 일은 하나의 습관이 된다'라는 것이었다.
어려움을 마주하거나 무언가 만족스럽지 않은 상황을 겪게
되면 이 상황을 어떻게 지나갈 수 있을까 고민해야 하는데,
그만두는 일이 습관이 되었을 때는 그런 시간이 찾아오면
멈추고 다른 길로 가야겠다는 결심을 하기 쉽다. 일기 쓰기
처럼 작고 개인적인 일부터 학교를 다니고 업무를 진행하
는 일처럼 중요한 일에 이르기까지 지난 10년간 이런 습관
을 끊어내기 위해 노력했고 지금도 노력한다.

　아무리 작은 일이라도 그만두고 싶을 땐 하나의 수련이
라 여기고 3년은 해본다. 무슨 일이 있어도 3년을 하다 보
면 일의 중요성과 관계없이 내 안에 끝까지 해내는 힘이 생
긴다. 한 번에 그 3년을 바라보고 걷다 보면 지치게 된다. 그

래서 좀 더 재밌게 실천할 수 있는 방법을 소개하자면, 3개월, 6개월, 1년 등의 단위로 끊어서 계속하고 있는 나를 격려해 주는 것이다. 여러 번 다양한 일을 시작하고 그만둔 경험이 있는 나는 포기하는 것도 하나의 패턴이 있다는 것을 발견했다. 우리에게 위기는 주로 3, 6, 9로 다가온다. 3일, 6일, 9일 그리고 3개월, 6개월, 9개월…. 그 시간을 잘 지나고 1년쯤 되면 우리의 습관도 단단해지기 시작한다. (그래도 방심은 금물이다.) 1년이 지나고 3년쯤 되면 익숙함과 노련함, 요령도 생긴다.

습관적으로 반복하고 지속하는 일은 뇌와 몸에 각인된다. 그리고 그렇게 익힌 일은 그 일이 무엇이든 나의 것이 된다. 그것을 나의 길 또는 천직이라 할 수도 있을 것이다. 내가 걸어야 할 길이 운명처럼 정해져 있다는 이야기는 산타 할아버지와 루돌프에 대한 소문처럼 달콤하지만 막연하다. 나의 길은 계속하는 가운데 만들어지는 것이 아닐까?

완성 지어 매듭짓는
위대함

오랫동안 화가로 활동하고 있는 지인이 말했다.

"그림은 끝내야 할 때를 잘 알고 마무리하는 것이 중요해."

그림을 그릴 때 언제 붓을 놓아야 할지 알고 마칠 수 있는 안목이 그만큼 중요하고 어렵다는 뜻이다. 그런데 한 해 두 해 그림을 그리다 보니 정말 그 말이 맞다. 작업을 시작할 때보다 혹은 구상하고 고민할 때보다 더 어려운 것은 '이쯤이면 되었다'라고 생각하며 끝을 맺는 것이다.

어렸을 때는 한 살 두 살 나이가 늘어가고 학교에 입학하는 것, 학년이 올라가는 것에 관심이 많았다. 새로운 시작은 항상 설레었고 재밌었다. 그때는 한 해를 마치는 종업식이

나 졸업식을 할 때 왜 축하를 받는지 잘 알지 못했다. 그런데 조금씩 삶을 더하다 보니 입학보다 졸업이 뭉클하다. 어떤 일을 시작할 때보다 마무리 지으며 갖게 되는 마음이 더 떨린다.

스무 살, 큰 뜻을 품고 시작했던 삶을 끝까지 걷지 못했다는 아쉬움이 가슴 한구석에서 나를 아리게 했다. 이십 대를 보내면서 어떻게 살아야 할지 몰라 기웃거렸던 시간들이 부끄럽기도 했다. 내가 무엇을 찾고 있는지도 모른 채 방황했던 시간은 낯선 땅에서 배움의 시간을 매듭짓고서야 그 의미를 발견할 수 있었다. 나에게는 그때가 삶을 배운 시간이었다. 보다 구체적으로 말하자면 잘 끝내는 방법을 배운 것이다.

프랑스에서 유학 생활을 했던 친구가 어느 날, 카드 한 장을 보내왔다. 그 안에는 짧은 한마디가 적혀 있었다.

'알지? 유학 생활은 결국 잘 마치는 것이 중요해. 끝까지 파이팅!'

그랬다. 5년의 시간은 나에게 어떤 일이 있어도 시작한 것을 인내하며 잘 마무리 짓는 법을 가르쳐 주었다. 고비마다 어려운 일들이 있었고 끝까지 할 수 없는 이유들이 올라왔지만 그때마다 내 인생에 한 번만이라도 무엇을 잘 마치는 경험을 남기고 싶었다. 그리고 긴 배움의 시간에 마침표를 찍던 날, 나는 그것이 새로운 시작임을 알았다. 잘 끝내고 맞이하는 시작은 조금 더 힘이 있었고 뿌듯했다. 이십 대의 혼란스러웠던 물음도 그렇게 끝났다. 물론 나는 또 시행착오를 겪을 것이고 길을 찾지 못해 헤매기도 할 것이다. 그러나 마무리를 지어 본 경험은 등불이 되어 내가 어떻게 이겨내야 하는지 비춰 줄 것을 안다.

아이들에게 그림 수업을 해줄 때, 나는 완성을 강조한다. 아이들의 그림에서 잘 그리고 못 그린다는 기준은 필요 없다. 다만 나는 아이들이 시작한 자신의 그림을 끝내는 과정 안에서 맛보게 되는 기쁨을 스스로 깨우치도록 도와주고 싶다. 한 장의 그림을 완성한다는 것은 그림의 크기나 재료, 주제에 관계 없이 쉽지 않다. 어떤 아이는 빽빽하게 칠하는 배경을 시작하고는 절반쯤 지났을 때 힘들다는 이유로 빈틈없이 시작한 배경 칠하기를 멈춰 버린다. 혹은 나무의 세밀한 묘사를 시작했다가 금방 싫증이 나서 짙은 색으로 덮어버린다. 그럴 때면 시간이 조금 더 걸려도 좋으니 끝까지 그림을 완성하자고 아이들을 독려한다. 지쳐 있던 아이들도 다음 날 이어서 하게 되면 처음 구상처럼 완성될 그림을 기대하면서 다시 힘을 낸다. 그리고 드디어 자신의 생각이 꼼꼼하게 실현된 것을 결과물로 맞이하고는 흡족해한다. 그렇게 시간과 마음이 들어간 작업은 아이들이 그린 것이든 그림을 오랫동안 그린 어른이 완성한 것이든 어떤 매력을 품고 있다. 나는 그것을 '혼이 들어간 결과물'이라고 부른다.

시시한 시작도 마침을 이루는 지점에서는 하나의 성취가 된다. 여기에 무슨 일이든 완성하는 의미와 중요성이 있는 것이다. 값싼 볼펜 한 통을 선물로 받은 적이 있다. 무려 30개나 든 것이었다. 볼펜이 굳어 버릴까 아까운 마음에 '이것으로 무엇을 할 수 있을까?' 고민했다. 그리고 그날부터 작은 스케치북에 볼펜으로 내가 좋아하는 장면들을 그리기 시작했다. 처음 시작할 때는 선물 받은 볼펜을 묵혀둘 수 없어서 시작하게 되었고, 그리는 소재들도 주변에 내가 좋아하는 것들이었다. 그렇게 시작한 볼펜 그림이 하나둘 쌓여가면서 나는 볼펜이 주는 색다른 맛을 알게 되었고, 더군다나 구하기 쉬운 소재라는 점에서 매력을 느끼게 되었다. 어느새 선물 받은 볼펜 한 통은 다 소비되었고 끄적거리며 시작한 스케치북도 마지막 장까지 남김없이 채워졌다.

일상에서 이런 경험은 흔하게 일어난다. 처음에는 개인적인 동기나 별 뜻 없이 시작한 일, 심지어 시시하다고 치부

되었던 일이 하나의 결과물 혹은 또 하나의 장기가 되기도 한다. 사람은 크게 다르지 않아서 처음부터 대단하게 시작되는 출발도 없고 거저 완성되는 일도 없다. 삶의 여정은 미비했던 시작을 다져가는 과정과 완성 지어 매듭짓는 위대함이 공존하는 길이다.

창의적인 예술 활동은 그것이 어떤 분야의 일이든 시간을 필요로 한다. 단순한 기술을 익히는 것도 세월을 요구하는데 새로운 것을 발견하고 드러내는 일이야 오죽하겠는가. 모든 사람이 작은 시작일지라도 끝까지 완성하기를 응원한다.

Part 3.

캔버스 앞에서

자화상을 그리는
이유

자화상은 많은 화가에게 오랫동안 좋은 모티브가 되어왔다. 나도 그림을 시작하면서부터 지금까지 적지 않은 자화상을 그렸다. 이것은 내 자신만큼 시공간에 구애받지 않고 부를 수 있는 모델이 없기 때문이기도 하고 개인적으로는 나에 대한 궁금함 때문이기도 하다.

렘브란트는 재료와 소재에 관계없이 자유자재로 그림을 그릴 수 있는 사람이었음에도 불구하고 생전에 200여 점의 자화상을 그렸다. 유화와 판화, 드로잉에 이르기까지 그는 자기 자신이라는 소재를 가지고 끊임없이 작업했다. 그가 얼마나 자신에 대한 성찰 욕구가 강했는지를 반증해주는 근거가 된다. 많은 사람이 사랑하는 화가 고흐 역시 많은 자화상을 남겼다. 렘브란트만큼은 아니었지만 고흐는 자신을 바라보기를 게을리하지 않고 때로는 구두나 의자, 방을 그리면서 자신의 내면을 드러내기도 했다. 넓은 의미로 이것 역시 또 하나의 자화상이 아닐까?

자화상을 그리는 작가들만의 특별한 이유가 있겠지만 나는 그것을 '자신의 정체성을 확인하고 나아가 존재의 의미를 되짚어 보는 계기가 된다'라는 점에서 주목해보고 싶다. 나는 언젠가부터 거울을 잘 안 보게 되었다. 지인에게 이런 이야기를 하니 나이 들면 그렇게 된다며 새삼 현실을 깨우쳐 준다. 들어보니 그것도 맞는 말이다. 하루가 다르게 늘어가는 주름과 흰머리, 까맣게 올라오는 점은 거울을 멀리하는 계기가 된다. 그렇다고 해서 거울을 보지 않으면 현실이 바뀌는가? 거울을 보지 않아도 생길 주름은 생기고 흰머리는 검은 머리를 잠식해 간다. 단지 내가 그 사실을 직시하지 않고 외면하는 것으로 변하는 내 자신을 인지하지 않는 편안함을 누리는 것뿐이다. 나를 바라보는 타인은 이런 모습들을 다 볼 텐데 오직 나 자신만 모르고 사는 꼴이다. 그런 생각에 이르렀을 때 나는 용기를 내어 거울을 직면하기 시작했다. 그리고 한발 더 나아가 거울을 보면서 나를 그리기도 한다. 외적으로라도 나를 들여다보기를 게을리하지 않아야 내면을 들여다보는 것 역시 외면하지 않겠다는 생각에서다.

자화상을 그리는 것은 거울을 보는 것에서 시작한다. '나'는 '나'를 정면으로 볼 수 없기 때문이다. '나'는 거울을 통해 '나'를 볼 수 있을 따름이다. 거울을 보는 것은 외모가 출중한 사람에게도 조금은 쑥스러운 일이다. 하지만 시작이 어려울 뿐 반복하다 보면 어떨 때는 내 자신이 반갑게 느껴진다. 5분이나 10분 정도 시간을 정해놓고 나를 가만히 보는 것. 그것은 자화상 그리기의 첫 단계이다. 그렇게 나를 보고 있자면 평소에 보이지 않던 많은 것이 보이고 느껴진다. 좌우 대칭이 완벽하지 않다는 사실을 발견하기도 하고, 눈의 간격, 코의 높이, 입술의 특이한 생김새도 관찰할 수 있다. 작은 털구멍이나 솜털이 보이기도 한다.

얼굴을 관찰하고 조금 더 범위를 넓혀 보고 싶다면 전신 거울 앞에 서보자. 그곳에서 내 몸을 관찰해보는 것이다. 매일 나의 몸과 함께 있으면서도 내 몸이 어떻게 생겼는지 어떤 자세를 하고 있는지 아는 사람은 많지 않다. 너무 익숙해져서인지 자신의 몸에 관심을 기울이고 유심히 보는 사람은 드물다. 꼼꼼한 몸에 대한 관찰은 의학적 측면에서도 필요하다. 병원의 기구를 통한 병의 유무 확인보다 먼저 이루어질 수 있는 가장 기초적인 확인 단계가 되기도 한다.

몸에 대한 관찰이 중요하지만 전신 거울을 구하기 어렵거나 환경적으로 그런 관찰을 할 수 없는 상황이라면 손과 발의 관찰을 권하고 싶다. 손과 발은 사람들에게 너무나 익숙한 신체 부위이기에 주목해서 섬세하게 보는 경우는 드물다. 그래서 매일 쓰는 손이면서도 관절이 어떻게 이어져 있고 손의 마디가 어떻게 생겼는지 등의 물음 앞에서는 막막해진다. 손가락에 새겨진 지문이 어떤 모양을 하고 있는지 쉽게 떠올리는 사람은 거의 없다. 손을 보면 그 사람이 하는 일을 어느 정도 짐작할 수 있을 만큼 손은 우리 자신을 드러내는 기관임에도 사람들은 자신의 손을 유심히 보는 일이 흔치 않다.

발은 또 어떤가? 발을 다쳐서 깁스를 해본 경험이 있거나 붕대를 감아서 자유롭게 쓰지 못한 기억이 있다면 발이 얼마나 소중한 신체의 일부인지 공감할 것이다. 발은 관념적으로 냄새가 나고 자신 있게 내밀기에는 청결하지 못한 부위라고 여겨진다. 하지만 발을 자세히 보면 비슷할 것 같은 발의 생김새가 얼굴만큼 다양하다. 발가락의 길이며 발톱의 모양, 발바닥의 모양 등 발은 제각기 개성을 갖고 있다. 나는 엄지발가락보다 두 번째, 세 번째 발가락이 더 길다.

이런 발가락의 특징이 다른 사람들과 다른 것 같아 이 사실을 숨기곤 했는데 나중에 보니 아버지도 할머니도 모두 닮은꼴이었다.

얼굴, 손, 발… 지금 내 신체에서 관찰할 수 있는 한 부위를 자세하고 꼼꼼하게 볼 수 있으면 좋겠다. 보는 것에서 그치지 말고 주변에 있는 펜과 종이를 사용해 그려보자. 여기서 그림을 그리는 기술이나 미적 감각은 전혀 중요하지 않다. 그냥 보이는 대로 그려보는 것이다. 그냥 보는 것과 그리면서 보는 행위에는 엄청난 차이가 있다. 그냥 보는 것은 놓치는 정보가 많지만 '그린다'라는 행위가 포함된 관찰은 평소에 지나쳤던 많은 단서를 포착하는 기회가 된다.

피카소가 주변 사람들의 초상화를 그려주다가 지인들의 병을 발견하고 병원에 갈 것을 권유한 이야기는 유명한 일화다. 피카소는 의사도 아니고 예언적 능력을 가진 사람도 아니었다. 그런 그가 지인들의 병을 발견할 수 있었던 것은 그림을 그리면서 발달한 관찰하는 습관 덕분이다. 나도 피카소와 비슷한 경험이 있었기에 이런 일화가 과장된 이야기로 들리지 않는다.

몇 년 전에 어떤 모임에서 한 아주머니를 만났다. 아주머니는 말이 없으셨고 그곳에 온 사람들과 잘 어울리지도 않으셨다. 하지만 나는 아주머니가 눈에 들어왔고 신경이 쓰였다. 그러다 보니 얼굴을 자세히 보게 되었는데 아주머니의 얼굴이 보통 사람들보다 검게 느껴졌다. 그 검은 빛깔은 그을려서라기보다 몸의 어딘가가 편치 않아서 생긴 검은 빛 같았다. 그리고 보니 아주머니는 우울한 표정을 하고 있었고 어딘가 불편해 보였다. 습관처럼 심장 주변을 두드리기도 했는데 직관처럼 심장과 간이 좋지 않으신 것은 아닌지 의문이 들었다. 몇 번을 망설이다가 나의 생각을 말씀드렸다. 아주머니는 깜짝 놀라시며 사실 간과 심장이 좋지 않아서 약을 복용 중이라는 말을 조심스레 꺼내셨다. 아주머니는 내가 무슨 용한 의사라도 된 것처럼 말씀하셨지만 사실 나는 의학적 지식이 있어서라기보다 유심히 보면서 찾아낸 단서들을 조합하여 얻게 된 정보였다. 꼼꼼한 관찰은 많은 단서를 찾도록 도와준다.

사람들은 어떻게 살아야 하는지, 자신이 이 세상에서 무엇을 잘할 수 있는지 궁금해한다. 소명과 같은, 천직 같은 일이 있지 않을까 서성인다. 손으로 나를 그려보고 몸을 의식하는 것, 나아가서 흙으로 나를 빚어보는 작업은 이런 궁금증에 대한 직접적인 답을 줄 수는 없다. 그러나 이런 과정은 각자에게 소중한 체험이 된다. 나를 관찰하고 그려보며

163

자세히 바라보는 행위, 흙으로 나를 직접 만들어보는 시간을 통해서 내가 세상에 어떻게 존재하게 되었는지, 앞으로 어떻게 살아가고 싶은지 스스로 알아가게 된다.

소명은 '내가 어떤 일을 하든 그것에 의미를 더하고 행하면서 점점 나의 일이 되어가는 것'이라고 생각한다. 의미 있는 삶은 무너지지 않는다. 아무리 작은 일일지라도 가치가 있다고 여기면 그것은 누구도 대신할 수 없는 역할이 되는 것이다.

자주 가던 병원 근처에 약국이 있다. 그 약국에는 젊은 여자 약사님이 있었다. 그 약사님의 어머니는 매일 아침 딸과 함께 출근해서 약국을 방문하는 손님들에게 따뜻한 차를 가져다주셨다. 근처에 종합병원이 있어서 항상 손님이 많아 대기 시간이 길었던 약국에서의 기다림이 짜증스럽지 않았던 것은 항상 웃는 얼굴로 친절하게 차를 가져다주시는 약사님의 어머니 덕분이었음을 알게 되었다. 어느 날, 약사님의 어머님이 편찮으셔서 나오지 못하셨는데 나 말고도 많은 사람이 차를 나눠주시던 어머니의 안부를 물었다. 그분의 일은 사소하다면 사소할 수 있는 작은 일이었지만 그 친절함은 어느새 그분의 소명이 되어 있었다.

나는 자주 '엉터리 초상화 그리기'라는 이벤트를 갖는다.

그것은 즉석에서 초상화를 그려주는 것인데 굵은 마커로 그리는 것이기에 섬세하거나 어떤 기법이 들어가지 않는다. 그 초상화는 순간적으로 받은 상대방의 아주 큰 특징을 잡아서 그리는 것에 의미가 있다. 사람들은 그 형편없는 초상화를 재밌어하고 좋아한다. 아마도 자신의 특징을 촌철살인 기법으로 표현해서가 아닐까?

우리 모두 엉터리 자화상을 그려보자. 기법도 재료도 기술적인 기교도 중요하지 않다. 그저 가만히 바라보고 보듬으며 나와 가장 가깝고 친한 내 자신을 그려보자. 그리고 기회가 된다면 찰흙 한 덩이를 사다가 빚어보자. 또 다른 내가 인사를 건넬 것이다.

"안녕, 반가워!"

실수
예찬

다른 사람의 실수가 답답하게 느껴질 때 나는 내가 실수했던 일들을 떠올린다. 처음부터 모든 것을 능숙하게 할 수 있는 사람은 없다. 그러나 내가 실수하고 서툴렀던 일들은 자주 잊어버린다. 나의 실수에 대한 건망증은 당연하고 타인의 실수는 요목조목 잘도 기억해낸다. 다른 사람들보다 일찍 수도원에 갔던 나는 한 해 두 해가 지나면서 나보다 나이는 많지만, 수도원에 들어온 햇수로는 후배인 사람들이 생기기 시작했다. 처음부터 수도원에 들어온 순서 따위로 목에 힘줄 생각은 없었다. 쉬는 시간이나 담소를 나눌 기회가 생길 때면 나는 종종 나의 실수담을 쏟아냈다. 수도원에 들어가기 전까지 일을 해본 경험이 많지 않았기에 동료나 후배들의 눈에도 나는 일이 서툴고 실수가 많은 사람이었다. 그런 나를 후배들은 '일 못하고 재밌는 언니'라고 불렀다. 일도 잘하고 재밌기도 한 사람이기를 바랐던 것은 사실이지만 그렇게 두 가지를 가질 수 없다면 재밌기라도 해서 다행이다 싶었다. 그도 그럴 것이 조용하다 싶으면 사건을 터트리는 주인공은 항상 나였기 때문이다.

입회한 지 얼마 되지 않아 수도원 주방에서 일할 때였다. 그날따라 전 굽는 냄새가 주방에 가득했다. 그때는 주로 잔심부름을 하며 주방 일을 배울 때였는데 그날의 메뉴가 적힌 칠판을 보니 '부추전'이라고 쓰여 있었다. 메뉴를 확인하기 바쁘게 재료를 준비하던 주방 언니는 나에게 '정구지'를 가져오라고 했다. 당시에는 경상도 사투리를 쓰던 주방 도우미 언니가 한 명 있었는데 사투리가 심해서 가끔 별도의 해석이 필요하곤 했다. 그날도 예외는 아니었다.

서울 촌사람인 나는 '정구지'가 무엇인지 도통 알 길이 없었다. 주변에 그 뜻을 물어볼 사람도 마땅히 없었다. 전쟁처럼 긴박하게 돌아가는 주방 사정으로 봐서 순발력과 본능적인 판단력으로 이 난관을 헤쳐 나가야 했다. 그래서 그때까지 갖고 있었던 모든 지식을 총동원하여 나름대로 정구지의 끝이 '지'로 끝나는 것으로 고려해 '종이'라고 해석했다. 그 확신에는 나름의 근거도 있었는데 그것은 전을 굽고 있던 당시 상황 때문이었다. 내 자신의 순발력과 본능적 판단력을 대견해 하며 창고에서 씩씩하고 늠름하게 신문지 뭉치를 들고 주방 도우미 언니에게로 갔다. 큰 눈을 더욱 크게 뜬 주방 언니는 신문지로 전을 부쳐 먹느냐며 성큼성큼 걸어가서 부추를 가져오셨다. 서울 촌놈이 정구지라는 단어를 처음 공부한 날이었다. 그런데 평소 청력에 문제가 있는 것도 아닌데 비슷한 사건은 끊이지 않고 터졌다. 정구지 사건이 있고 얼마 지나지 않아 경비실에서 주방으로 인터폰이 왔다.

"경비실에 배추(내 귀에는 분명 배추로 들렸다.)가 배달되었으니 주방에서 가져가세요."

하필 그날의 인터폰을 내가 받은 게 화근이었다. 수도원의 많은 식구가 먹을 배추라면 한두 포기가 아닐 터이니 경비실에서부터 주방까지 들고 오려면 많은 사람이 필요하겠다는 생각이 들었다. 게다가 보다 손쉽게 운반하기 위해 리어카까지 준비했다. 바쁘게 주방 일을 하고 있던 서너 사람을 더 불러서 리어카를 끌고 경비실로 향했다. 그런데 불길한 예감은 언제나 빗나가질 않는다. 경비실에 계시던 수녀님의 얼굴에서 의아해하는 표정을 읽을 수 있었다. 혹시 내

가 이번에도 잘못 이해한 일인가 불쑥 걱정이 올라왔다. 아니나 다를까 경비실에 계셨던 수녀님은 대추가 가득 들은 작은 상자 두 개를 내미셨다. 점심식사를 준비하는 그 바쁜 주방에서 한 사람도 아니고 세 사람이나 데리고 배추를 가지러 다녀오겠다던 나의 당당한 말과 발걸음에 기운이 쭉 빠졌다. 그래도 다행이었다. 모두들 한바탕 웃은 것도 모자라 점심식사 식탁에서까지 대추 사건이 화제가 되었기 때문이다.

새로운 환경에 적응하는 사람들은 잘 들으려고 하면 더 실수가 많아지고, 잘하려고 하면 더 안 되곤 한다. 그것은 누구든지 겪는 과정이다. 회사에 입사한 사회 초년생도 마찬가지다. 나의 실수는 주방에서만 벌어진 것이 아니다. 한번은 재봉실이라는 수도복을 만들고 손질하는 소임지에서 일할 때였다. 바느질은 학교 다닐 적에 홈질을 해본 것이 전부였다. 단추도 못 달았던 나는 잔뜩 긴장을 하고 재봉실에 갔다. 재봉실을 담당하셨던 수녀님은 긴장한 나에게 이것저것 물어보시며 긴장을 풀어주셨다. 내가 할 수 있는 일을 찾아 주시려는 배려였다.

"새발뜨기(변명 같지만 이때도 내 귀에는 '세 발 뛰기'로 들렸다.) 할 수 있겠어요?"

새발뜨기 같은 고급 바느질 기술을 알 리 없었던 나는 하필 어릴 적 놀이터에서 친구들과 했던 '한 발 뛰기'를 떠올리고 말았다. 이때도 나의 순발력은 예외 없이 발휘되었다. 놀이터에서 했던 한 발 뛰기 실력은 동네 아이들 누구와 해도 지지 않을 만큼 자신 있었다. 나는 더욱 자신감에 찬 씩씩하고 큰 목소리로 이렇게 대답했다.

"세 발 뛰기는 해본 적이 없지만 한 발 뛰기는 매우 잘합니다."

그날도 식사 시간에 수다 주제는 나의 '새발뜨기'에 대한 대답으로 정해졌다. 몰라도 몰라도 그렇게 모를 수가 없던 시절이었다. 일에 서툴고 할 줄도 모르던 나는 점점 일이 손에 익고 잘하게 되었을 때 사람보다 일이 중심이 되려 할 때면 종종 이 크고 작은 사건들을 떠올리며 이야기했다. 일은 시간이 지나고 익숙해지면 누구나 다 비슷해지는 법이다. 약간의 시간 차이가 있지만 그것이 사람의 마음을 다치게 할 만큼 중한 일은 아니었다.

4년의 수련 기간을 마치고 파견을 앞둔 어느 날, 동료 수녀님을 빨래터에서 만났다. 개인 세탁물을 손빨래하고 있던 나를 가만히 바라보던 동료가 말했다.

"빨래를 이렇게 잘하는 걸 보니 이제 우리 수련 기간이 끝나긴 끝나가나 보다."

사실 수도원에 오기 전까지 부끄럽게도 손빨래 한 번 제대로 해 본 경험이 없었던 나는 수도원에 들어가서 가장 어려웠던 일 중에 하나가 빨래와 다림질이었다. 힘껏 비누칠을 해가면서 깨끗이 빨았다고 생각했는데 다 빨고 나서 보면 마치 물에 담갔다가 그냥 건져 놓은 것처럼 보였고, 땀을 뻘뻘 흘려가며 다림질을 했다고 생각했는데 다 다려 놓고 보면 다림질이 되어 있지 않은 세탁물인 줄 알고 다른 동료나 선배들이 다시 다리기 십상이었다. 빨래판 방향도 뒤집어서 사용하고 헹굼은 어떻게 하는지 몰라 물만 틀어놓기 일쑤였다. 문득 빨랫줄에 가지런히 널어놓은 옷을 보니 겪어낸 시간이 얼마나 많은 것을 나에게 가르쳐 주었는지 새삼 느낄 수 있었다. 지금도 손빨래를 하는 날이면 수련 기간 동안 저질렀던 많은 실수와 이를 웃음으로 참아준 사람들이 떠오른다. 한 사람의 성장은 그 혼자 자라는 것으로 이루어지지 않는다. 성장은 한 사람이 자라기까지 기다려주는 많은 사람의 인내로 완성된다.

예전에는 그 시절 그 순간 나를 인내해 주고 도와주었던 사람들에게 고마움을 갚아야 한다고만 생각했다. 그런데 때때로 그 시절 인연을 다 일일이 찾아다닐 수 없거나 더 이상 만날 수 없는 경우도 생긴다. 그럴 때면 시절이 무색하고 세월이 허무하여 슬프기만 했는데 그 고마움을 갚는 방법에 대해 새롭게 깨달은 것이 있다. 만남의 인연이 어떤 계획이나 의도로 이루어진 것이 아니듯 이렇게 받은 고마움을 지금 내가 만나는 사람들 안에서 전해야 한다는 것이다. 자세히 보면 지금도 내 주변에 아직 익숙하지 않아 서툴러서 실수하는 사람도 있고, 처음 해보는 일이라 긴장하는 사람들도 있다. 그런 사람들을 만날 때 내가 받은 그때의 기다림을 나도 실천하고 싶다.

누구나 처음이 있고 성장하는 시간이 필요하다. '처음이니까 그럴 수 있겠지'라고 여길 수 있는 넉넉함은 그 배려를 받아 본 사람이 가장 잘할 수 있다. 사람들은 일의 효율과 완성을 위해 그렇게 받아주는 것만이 전부가 아니라고 충고한다. 때론 꾸짖을 수도 있어야 하고 어떨 때는 충격 요법을 써야 한다고도 말한다. 내가 업무의 효율과 조직의 안정성을 모르는 사람일 수 있다. 그러나 나는 어떠한 이유에서든지 사람과 사람이 하는 일에서 마음이 다치지 않는 것이 가장 먼저라고 생각한다. 사람 그 자체보다 중요한 업무의 효율이나 조직의 안정은 있을 수 없다. 그렇게 중요한 업무나 튼튼한 조직 역시 사람으로 이루어지고 만들어진다.

인생의 괴로움을
줄이려면

원체 사람을 좋아하는 성격 탓도 있지만 나는 사람을 만나면 상대방의 특징이나 습관이 먼저 눈에 띈다. 그리고 좀더 시간을 갖고 만나다 보면 그 사람만의 독특함이 친근해지고 소중하다는 생각이 든다. 마치 세상에 하나밖에 없는 수제품을 만난 느낌이다. 예를 들어, 성격이 무뚝뚝하고 말이 없는 친구는 겉으로 표현되는 것은 적어도 마음 깊은 곳에 갖고 있는 따뜻함이나 드물게 짓는 미소가 예쁘다. 그런데 보는 관점에 따라 같은 대상임에도 쌀쌀맞고 차가운 사람으로 느끼기도 하고 말이 없어 답답하다는 사람들도 있다. 나 역시 모든 사람을 다 사랑하고 좋게 보는 것은 아니기에 전혀 이해하지 못하는 것은 아니지만 '조금만 더 자세히 본다면 그 사람만의 독특함이 재밌기도 하고 소중하게 느껴질 텐데…' 하는 아쉬움이 남는다.

이렇게 같은 대상을 보고도 다르게 느끼는 것은 무슨 까닭일까? 그 차이는 보는 각도마다 다르게 보이는 풍경처럼 저마다 보는 관점이 다르기 때문이다.

가까운 지인 두 명에게 이탈리아에서 내가 살고 있던 동네를 안내해 줄 일이 있었다. 그런데 그날 아침부터 비가 내리기 시작했다. 분명히 전날까지 맑은 날만 이어지고 있었는데 안내해주기로 약속한 날 아침부터 비가 내렸다. 내가 비를 몰고 온 것은 아니었지만 먼 길을 찾아온 손님에게 미안한 마음이 가득했다. 약속 시간에 만난 두 사람은 같은 조건, 같은 장소와 시간에 나를 만났지만 서로 다른 이야기를 했다. 한 사람은 이곳의 맑은 날도 아름답겠지만 비 오는 날도 나름대로 운치가 있다며 새로운 곳에 대한 흥미를 보였다. 반면 다른 한 명은 자신의 인생은 늘 이렇다면서 어제까지 맑던 하늘에서 왜 갑자기 비가 내리는지 모르겠다며 불평했다. 비가 오는 조건은 두 사람에게 동일했지만 그들은 서로 다른 세계에 살고 있는 듯했다. 두 사람과 나와의 친밀도는 비슷했음에도 그날은 안색이 좋지 않은 지인에게 섭섭한 마음마저 들었다.

그렇게 오전 일정을 마치고 함께 점심을 먹으러 갔다. 비가 그치고 날씨는 맑아졌지만 점심을 먹으러 찾아간 음식점이 워낙 유명한 곳이라 기다리는 사람들이 많았다. 셋이 함께 줄을 서서 기다리는데 비에 불평하던 지인이 혼잣말처럼 중얼거렸다. 이번에는 자신의 운까지 들먹이며 "자신은 운이 없어서 점심 한 끼를 먹어도 이렇게 기다려야 한다"라고 했다. 일부러 신경 써서 맛집에 데려온 내 입장에서는 선의를 몰라주는 것 같아 속상했다. 이렇게 객관적인 글로 써서 보면 누구든지 편향된 관점으로 상황을 보는 사람의 모습이 보일 것이다. 그러나 막상 이런 상황에서 주체가 되었을 때는 나의 모습이 그와 같을 수 있다. 각자가 자신의 관점이 편향되어 있다는 것을 깨닫기는 쉽지 않다.

이런 편향된 관점 때문에 우리는 타인에 대한 판단을 너무 성급히 해버린다. 혹은 그와 반대로 상대에 대한 우상화를 성급히 하고는 그에 대한 실망감을 그 대상에게 돌려 버린다. 사람을 좋아하는 나 역시 이런 성급한 우상화의 오류를 종종 범한다. 그러고는 그에 대한 실망을 분노로까지 발전시키는 미성숙함을 저지른다. 사실 그 대상을 성급하게 우상화한 것은 나 자신이었는데 말이다.

관점을 객관적으로 유지한다는 것은 연습을 필요로 한

다. 기분에 따라 상황이나 사람을 쉽게 판단하고 평가하지 않으려면 자신에 대한 냉정함을 유지해야 한다. 이럴 때 도움이 되는 것은 관점을 바꿔보는 것이다. 지금 이 상황에 속한 사람이 아닌 지나가는 제3자가 되어 상황을 본다. 혹은 나와 관계된 사람을 전혀 관계없는 타인으로 본다. 때론 자주 보거나 밀접하게 연결되어 있는 관계일수록 우리는 상대에 인색한 평가를 한다. 대표적인 예가 바로 가족이다.

가족은 나에게 가장 소중하고 가까운 존재임에도 서로에게 가장 많은 상처를 주고받는 존재가 되기도 한다. 모임을 하고 늦게 들어오는 딸에게 걱정 어린 잔소리를 하는 엄마가 있다. 딸은 그런 엄마의 잔소리를 드라마의 한 장면 보듯이 생각한다면 '자식이 걱정되어서 저렇게 말씀하시는구나' 하고 넘길 수 있다. 그런데 오히려 큰 언쟁이 오가게 되는 것은 딸이 갖고 있는 무조건적으로 받아주어야 하는 엄마에 대한 기대와 편향된 관점이 섭섭함과 화로 표출되는 것이다. 지나가는 사람이라면 무관심하게 넘어갈 태도나 표정, 말투까지도 가까울수록 더 꼼꼼하게 파헤치고자 한다. 그렇게 갈등이 계속되다 보면 상대방이 나에게 말할 때의 태도까지도 분노의 주제가 되어버린다.

상황 역시 마찬가지다. 나에게 닥친 상황일수록 그 사건을 더 크게 해석하고 느낀다. 편중되게 받아들인 관계나 상황은 결국 나 스스로에게 상처가 된다. 그 방향이나 관점이 긍정적이라면 굳이 거론할 필요가 없겠지만 대부분의 경우 편향된 관점은 부정적이다. 그렇게 부정적으로 느끼는 관점과 생각은 쉽게 습관이 된다. 물론 어떤 일을 평가하고 분석할 때는 긍정적인 부분과 부정적인 부분을 함께 검토하고 생각해야 한다. 하지만 우리 삶의 대부분은 그렇게 분석하고 해체하여 밝혀야 할 사건들이 많진 않다.

삶에 대해 인색하고 조급한 마음이 들 때면 죽음에 대한 생각을 해본다. 오늘만 살 것처럼 생각하다가 '죽음'이라는 미지의 결말을 떠올리면 삶에 대한 관점이 확장된다. 그렇게 확장된 관점으로 사건과 관계를 다시 바라보면 그전까지 보이지 않던 것들이 보인다. 관점의 변화와 확장, 결국 이것은 상대방을 위한 것이 아니다. 이것은 나를 위한 행동이다.

행복한 상태는 다른 말로 표현하자면 갈등이나 고통, 괴로움이 없는 상태이다. 관점을 바꾸어 삶을 바라보는 것만으로도 사사로운 괴로움이 사라진다.

자신을
인정하는 것

자기 자신에 대해 알리고 드러내는 것이 필수로 여겨지는 시대에 낯설게 느껴지는 덕목이 있다. '겸손'은 그렇게 낡은 이름이 되어버렸다. 그리고 마치 흑백을 나누듯 겸손은 교만과 짝을 이루어 상반된 개념으로 여겨진다. 사전을 뒤적여 보아도 겸손은 남을 존중하고 자기를 내세우지 않는 태도쯤으로 정의 내려진다. 그렇다면 자신을 알리고 드러내야 하는 시대에 겸손은 영원히 평행선을 이루는 덕목인지 의문이 든다.

겸손은 항상 숙제 같은 화두였다. 왠지 내가 잘하는 것이 있어도 숨기고 손사래를 치며 사양해야 하는 삶의 태도처럼 느껴졌다. 하지만 내가 가지고 있는 것을 누군가에게 겸손으로 보이기 위해 부정하면 부정할수록 삶은 자연스럽지 못했다.

겸손하게 산다는 것이 무엇인지 끊임없이 묻던 시절, 평생을 연구에 몰두하셨던 독일인 철학 교수님을 만날 기회가 있었다. 80세를 바라보는 연세에도 늘 맑은 눈망울로 살아가시는 교수님은 이국적 외모가 어색할 만큼 한국어와 한국 문화에 능통하셨다. 나는 늘 그분의 깊은 학문적 조예와 삶을 관통하는 통찰력을 존경해 왔다. 음악이면 음악, 문학이면 문학, 철학과 종교, 역사와 언어에 이르기까지… 그분과 대화를 이어가다 보면 '세상에 이토록 새롭고 놀라운 것이 많은가' 감탄할 뿐이다. 그런데 내가 더 닮고 싶었던 것은 그렇게 박식하면서도 누군가를 주눅 들게 하거나 거들먹거리는 등의 거북함을 불러일으키는 모습이 없으신 삶의 태도였다. 만남을 더해갈 때마다 그분이 지니신 모습이야말로 '겸손'이 아닐까 생각했다. 한편으로 이렇게 많은 능력을 가진 분은 겸손을 어떻게 정의하실지 궁금해졌다.

겸손에 대한 질문을 드렸을 때, 교수님은 아주 단순하게 겸손을 정의하셨다. 그것은 자신을 억지로 낮춤도 아니요, 있는 것도 없다며 손사래 치는 것은 더더욱 아니었다. 그분이 내놓으신 담백한 답변은 '자신을 인정하는 것'이었다.

교수님은 가끔 취미 삼아 악기를 연주하는데 그 실력이 수준급이시다. 그 연주를 듣는 사람들은 훌륭하다며 칭찬했고 따로 연주를 부탁하기도 했다. 그럴 때 나였다면 속마음은 우쭐하면서도 보통 세 번은 거절하는 것을 미덕으로 여겨왔기에 손을 내저었을 것이다. 그런데 교수님은 그럴 때 손을 내젓는 것이 아니라 연주를 잘하는 나 자신을 인정하고 그런 재주가 있음에 감사하신다고 한다.

　그렇다. 인정하고 받아들이며 감사하는 것이 겸손이었다. 이것이 내가 그토록 원했던 '자기 자신을 알리고 드러내는 시대에 겸손이란 무엇인가?'에 대한 통쾌한 정의였다. 속마음은 내심 우쭐하면서도 그렇게 인정하면 눈총 받을까봐 애써 웃음을 참으며 "아직도 부족합니다"라는 태도를 보이는 것은 겸손이 아니었다. 겸손에 대한 명쾌한 답변을 얻으면서 나는 삶의 큰 의문을 하나 넘긴 것처럼 가볍고 자유로웠다. 나아가 내 자신에 대해 적절한 인정과 감사를 갖게 되자 주변 사람들의 좋은 점을 더 쉽게 발견할 수 있었다. 나 자신에게 인색하다 보면 타인에게도 인색해진다. 나를 칭찬하지 않고 인정하지 않는 사람은 절대로 다른 사람을 칭찬하거나 인정하지 않는다.

　때때로 사람들은 함부로 칭찬하면 그 칭찬을 들은 상대

가 더 이상 노력하지 않을 거라는 섣부른 판단에서 혹은 아직 칭찬받은 고래가 춤춘 이야기를 듣지 못해서 칭찬을 아낀다. 가끔 상담에서 아이들을 키우는 부모들로부터 "아이를 칭찬해주고 싶은데 칭찬할 것이 없다"라는 이야기를 듣기도 한다. 그때마다 나는 내가 직접 경험한 일을 서슴없이 털어놓는다.

　나에게는 세 살 터울의 오빠가 있다. 오빠는 나보다 나이가 많아서 무엇이든 잘하는 것처럼 느껴지기도 하지만 객관적으로도 많은 장점을 가지고 있다. 오빠의 우수한 두뇌를 나는 일찌감치 인정했다. 왜냐하면 학교 성적 등 객관적 자료들이 그 사실을 든든히 뒷받침해주었기 때문이다. 오빠가 머리가 좋다는 것은 나에게도 신나는 일이었다. 같은 학교에 다닐 때면 반 친구들에게 오빠를 자랑하는 것으로 내가 좋은 성적을 거둔 것 마냥 으쓱할 수 있었다. 그 나이 때는 굳이 내가 한 일이 아니어도 나와 조금만 관련이 있는 일이면 어디든 알리고 자랑하고 싶었다.

　이렇게 머리가 좋고 공부를 잘했던 오빠와 굳이 성적을 비교하자면 나는 그렇게 공부를 잘하는 편은 아니었다. 나름대로 뒤처지지 않을 만큼은 했지만 노는 것이 더 좋고 재미있었다. 하지만 감사하게도 부모님이나 그 누구도 그런 나와 오빠의 차이를 비교하거나 차별하지 않았다. 그랬기 때문에 내가 밤을 새워 공부를 잘해 보겠다는 각오를 다지지 않은 부작용도 있었다. 그리고 나는 나대로 참 괜찮다는 마음도 있었다.

이런 나의 든든한 밑바탕에 더욱 굳은 긍정성을 심어주신 분은 나의 할아버지다. 교육자이셨던 할아버지는 늘 아이들을 칭찬해야 한다는 교육적 철학을 손주들에게도 항상 실천하셨다. 따라서 시험이 끝나거나 한 학년을 마칠 때면 할아버지는 늘 한 아름 선물을 가져오셨고 성대한 증정식이 이뤄졌다. 어린 마음에도 오빠는 공부를 잘하고 성적도 좋으니 선물을 받아 마땅하지만 나는 그런 객관적 자료가 없다는 생각에 할아버지에게 무슨 칭찬을 받을지 궁금하기도 했다. 할아버지는 오빠의 좋은 성적과 성실함을 칭찬하셨다. 그럴 때면 똑같이 나에게도 칭찬과 함께 선물을 주셨다. 할아버지가 나에게 해주신 칭찬은 밝고 명랑하게 지내는 모습에 대한 진지한 칭찬과 격려였다. 때론 연날리기 대회나 체육대회에서 수상한 사소한 일들에 대해서도 오빠가 성적을 잘 받아왔을 때와 같은 모습으로 박수를 쳐주셨다. 그때마다 나름대로 잘하는 것이 있는 나 자신이 자랑스러웠고 칭찬받은 밝고 명랑함을 마음껏 성장시켰다. 또한 인정받은 연날리기 실력이나 달리기 등은 지칠 줄 모르고 연습해서 계속 잘할 수 있었다. 그러다 보니 칭찬받은 일들을 할 때면 즐거웠다.

그 칭찬이 지금까지 내 삶에 얼마나 큰 영향을 미쳤는지 모른다. 이렇게 바라본다면 칭찬할 것이 없는 존재는 아무도 없다. 칭찬을 두둑이 먹고 자란 사람은 그 든든한 자존감을 바탕으로 자신의 부족함과 약함을 인정하고 좋은 점도 겸허하게 받아들이는 겸손을 지니게 된다. 겸손은 내가 가지고 있는 것도 구겨서 서랍 안에 깊숙이 넣어두는 움츠러듦이 아니다. 겸손은 내 자신에 대한 긍정이고 인정이다. 그런 건강한 자신에 대한 인식이 타인을 인정할 수 있게 만든다.

누군가 건네는 칭찬과 격려에 시원스럽게 인정하며 감사함을 표현하는 사람들을 만날 때면 그 당당함과 자신감이 좋다. 그러면서도 자신의 좋은 점에 대한 감사함을 잊지 않는 마음을 보면 삶이 선물이라는 진리를 깨달은 상대가 친근하게 느껴진다.

사람들이 얼마나 다양한지를 새삼 느낄 때마다 우리가 할 수 있는 칭찬도 그토록 다양하다고 생각한다. 나와 너의 다양성이 인정되지 않으면 우리는 죽도록 경쟁해야 하는 상대일 뿐이다. 그러나 다양성을 바탕으로 고유함을 인정하다 보면 우리는 경쟁하는 관계에서 함께 살아가는 관계로 관점이 바뀐다. 당당한 겸손이 아름다운 시대다.

나는 이제 노트를
찢지 않는다

나에게는 실천하기 어려운 일이 한 가지 있는데, 그것은 노트 한 권을 끝까지 쓰는 것이다. 노트 한 권을 채우는 일이 누군가에게는 시간이 지나면 자연스럽게 채워질 일이지만, 나에게는 오래도록 완수하기 힘든 과제와도 같았다.

왠지 모르게 노트 한 권을 쓰기 시작하면 첫 페이지부터 마지막 페이지까지 같은 펜과 글씨체, 동일한 자간으로 채워야 마음이 편안했다. 그런데 꼭 쓰다 보면 몇 장 넘어가지 않았을 때 잘못 쓴 글씨나 자간의 오류가 발생한다. 무덤덤하게 넘어가려 해도 일과를 마치고 자리에 누우면 실수한 노트의 페이지가 떠올라 잠이 오질 않는다. 누구에게 보이기 위한 노트도 아니고 무척이나 중요한 서류도 아니건만 나는 노트의 작은 오류도 허락하기 힘든 완벽주의자였다. 그래서 며칠을 참고 넘기다가도 결국에는 잘못 쓴 페이지를 찢어서 새로 써야 마음이 풀렸고 다른 일을 할 수 있었다. 그렇게 노트 하나를 채우는 것도 예민하다 보니 나중에는 절반이 찢겨 두께가 얇아진 노트를 들고 다니기 일쑤였다.

오죽하면 어느 해에는 '노트 찢지 않고 끝까지 쓰기'가 새해 다짐이었을까. 하지만 이런 비장한 각오는 끝내 지켜지지 못한 채 얇아진 노트들만 책꽂이에 쌓아두게 되었다. 나의 이런 모습이 지나친 완벽주의에서 기인한 것이라는 사실을 알아채고 받아들이기까지는 시간이 걸렸다. 이런 완벽함을 추구하는 태도가 중요한 일에 쓰인다면 더없이 다행스러울 테지만 나의 완벽함은 그런 숭고한 업적을 이루기 위해 쓰이지 않았다.

그러던 어느 날, 노트를 끝까지 완성하지 못하는 장애 정도로 치부하려고 했던 완벽주의에 대해 진지하게 생각하게 된 계기가 있었다. 언젠가부터 미루는 습관이 생긴 것이 그 시작이었다. 특히 외국에서 예술 학교를 다니면서 나는 미루는 일이 하나둘씩 늘어나기 시작했다. 처음에는 중요한 과제나 발표들을 미뤘다. 그것은 너무 중요하며 나의 미래와 직결되는 일이었기 때문에 조금 더 시간이 필요하다고 생각했다. 그리고 더 많은 준비가 필요하다고 되뇌었다. 그 다음에는 매일 해왔던 개인적인 일들을 미루기 시작했다. 일기나 작가 연구 자료, 책에 대한 자료 스크랩 등을 미뤘다. 그때는 나름대로 그런 개인적인 일들을 미루는 이유가 있었다. 지금 당장 처리해야 할 큰일, 즉 중요한 과제나 발표에 집중하기 위해서였다.

개인적인 일들을 미루다 보니 매일 해오던 운동이나 청소 등 기본적인 생활 리듬도 흔들리기 시작했다. 운동할 시간에 중요한 과제 준비를 해야 할 것 같았고, 청소할 시간에는 발표를 위한 최상의 컨디션을 만들기 위해 쉬어야 한다는 마음이 들었다. 그렇게 기본적인 리듬이 흔들리니 식사 준비를 하거나 설거지를 하는 등 최소한의 생존을 위한 일들도 미루거나 외식으로 대체하기 시작했다. 이렇듯 모든 것을 미루었으니 중요한 과제와 발표에 집중했을 거라고 생각하면 오산이다. 결과부터 공개하자면 절대 아니었다. 다른 일들을 미뤄왔던 가장 큰 이유를 실행하지도 않으면서 나는 삶의 가장 기본적인 일들부터 조금씩 미루었고, 그런 소소한 미뤄둠이 쌓이면서 스트레스와 압박감이 더 커졌다. 중요한 과제의 제출일이나 발표일이 다가오면 모든 것을 미루고 이것에 집중했어야 했는데, 생각만큼 결과를 만들어 내지 못한 내 자신에 대한 조급함이 밀려왔다. 그 조급함은 짜증이 되어 급기야 모든 것을 내려놓고 싶다는 무기력증까지 불러왔다.

내가 공부한 예술 학교는 수강한 한 과목에 대해 2월, 6월, 9월 그리고 그다음 해 2월까지 1년에 네 번의 시험 기회가 주어졌다. 학생 본인이 완벽히 준비되었다고 느껴지는 기간에 시험을 신청하여 점수를 받으면 된다. 처음에는 '학교의 시험 제도가 너무 느슨한 것 아닌가?' 공정성을 운운하며 불평하기도 했다. 그런데 그 마음이 무색할 만큼 오히려 자유롭게 주어지는 기회는 학생들에게 독이 되기도 했다. 아직 기회가 있다는 생각에 나를 비롯한 학생들은 시험을 다음으로 쉽게 미뤘고, 그러다 보니 1년에 네 번이나 있던 기회는 순식간에 지나갔다. 결국에는 모든 과목이 마지막 기회에 몰려 네 번의 기회가 의미 없게 끝나버리곤 했다.

나는 이 허망한 경험을 예술 학교 1학년 때 겪었다. 첫해에 13과목을 수강했는데, 처음에는 그 13과목을 적절하게 분배해 네 번의 기회를 잘 활용해야겠다고 결심했다. 그러나 한 과목 두 과목 조금 더 만족스러울 때 평가를 받겠다는 마음으로 미루다 보니 한 학년이 끝날 때까지 응시한 과목은 단 두 과목뿐이었다. 연말에 친구들을 통해서 평소 출결 상태도 성실하지 않고 작업도 열심히 하지 않던 친구 하나가 13과목을 모두 통과했다는 소식을 들었다. 그 소식을 듣고 나니 단 두 과목만 통과한 나의 결과가 초라하게 느껴졌다.

그다음 해, 나머지 과목들에 대한 재평가 기회를 받기 위해 보충의 출결이나 과제가 더해지는 상황이었다. 이것은 졸업의 지연으로 이어질 수 있는 엄청난 손실이었다. 나는 최악의 상황이 그려졌을 때 학교를 그만두고 싶다는 고민을 진지하게 했다. 완벽하게 이뤄내고 싶은 마음이 그 일을 포기하게 만드는 참담한 결과를 불러올 수 있었다. 그때서야 내 자신에게 돌아봐야 할 문제가 있다는 것을 떠올렸다. 누구보다 성실하고 열심히 학교생활을 했는데 무엇이 문제였는지 고민하던 중 나는 늘 끝까지 쓰지 못했던 노트가 떠올랐다.

완벽하게 잘해야 한다는 생각 때문에 내면에는 큰 두려움이 자리 잡고 있었다. 이 두려움은 모든 일상적인 일들마저 멈추게 만들었고, 마비된 생활에서 나는 오직 중요하다고 여겼던 과제와 평가 준비에만 매진한 것이다. 그런데 그 중압감이 너무 커서 결국 평가 준비조차도 제대로 완성하지 못했고 설사 결과물이 있다 할지라도 그것을 평가받을 용기가 없었다. 결과만 보았을 때는 아무것도 실행하지 못한 사람일 뿐이었다. 완벽주의와 미루는 행동 그리고 두려움은 전혀 다른 문제들처럼 보였지만 결국 하나의 패턴으로 연결되어 있었다. 완벽주의는 자꾸 일을 미루거나 지연시켰으며, 행동하지 않음은 평가의 시간이 다가올수록 중압감과 두려움으로 변했다. 그리고 종국에는 모든 것을 다 포기하고 싶다는 마음까지 불러왔다.

이 연결 고리를 끊기 위해서 나는 처음으로 돌아갔다. 노트 한 권을 꽉 채워 쓰기로 다짐한 것이다. 노트를 쓰다가 중간에 잘못 쓰거나 달라진 자간이 생겨도 끝까지 쓰기로 결심했다. 완벽하지 않은 노트를 받아들이고 계속 이어가는 습관을 더해가면서 완벽하지 않은 내 자신을 인정했다. 완벽하지 않아도 괜찮았다. 모든 일은 다시 잘할 수 있는 기회가 주어졌다. 더불어 나는 멈춰있지 않고 계속 성장하는 존재라는 사실도 발견했다. 다 쓴 노트는 그때의 실수나 미숙함을 담고 있었지만 다 쓰고 나면 다시 새로운 노트로 시작할 기회가 있는 것이다. 완벽주의라는 짐을 놓아버리니 실수와 시행착오를 다시 들여다볼 수 있었다. 실수와 시행착오는 찢고 구겨서 없애야 할 흔적이 아니라, 다음을 위해 기억하고 간직해 두어야 할 성장 가능성이었다.

어찌 보면 모든 과목에서 만점을 받겠다는 마음이 예술

학교 첫해에 단 두 과목만을 통과하게 했던 것이다. 만점이 나오지 않을 것 같은 과목은 더 준비해야 한다는 생각에 미루고 미루면서 스스로 압박감을 주었다. 친구들은 "너처럼 그렇게 학교를 다니다가는 백 년이 지나도 졸업할 수 없을 거야"라는 말을 남겼다. 완벽주의를 벗어나면서 나는 배움과 작업에 있어서 과감한 시도와 발상의 전환을 실행해 볼 수 있었다. 비록 평가의 결과가 흡족하지 않더라도 그것을 받아들이며 다시 작업하고 배우는 것이 창작의 과정이며 성장의 기회였다.

나는 이제 노트를 찢지 않는다. 노트에 커피를 쏟아도 휴지로 닦아내고 메모를 이어간다. 이것은 실수를 받아들이고 완벽하지 않은 내 자신을 인정하는, 나에게는 수련과도 같은 일이다. 때때로 다 쓴 노트들의 실수나 한결같지 않은 자간과 글씨체, 지워지지 않은 커피 자국들을 보면서 이런 흔적을 다 포함한 것이 삶이며 예술 활동의 과정이라는 것을 상기한다. (그럼에도 불구하고 실수한 흔적이 보이는 노트를 찢고 싶은 마음이 불현듯 찾아온다. 찢지 않으면 성공이다!) 완벽하게 무언가를 이뤄내는 것보다 더 위대한 것은 포기하지 않는 것이다.

변화가 따르지 않는
성장은 없다

세상에서 가장 어려운 일은
세상을 바꾸는 것이 아니라
당신 자신을 바꾸는 것이다.

— 넬슨 만델라

변화는 또 다른 선택이다. 이런 변화가 나를 향해 있을
때 이는 세상을 바꾸는 것보다 어려운 일이 된다. 그것은 이
제껏 쥐고 있었던 것을 다시 한번 들여다보고 새롭게 선택
하는 것을 의미한다.

모든 선택은 포기를 전제로 한다. 포기가 없는 선택은 없다. 그렇기 때문에 양손 가득 쥐고 있는 것 중에서 한 가지를 고른다는 것은 쉽지 않은 일이다. 나아가 자신에 대한 변화는 이제껏 습관으로 굳어진 나의 행위를 버리는 일이어서 더욱 어렵다.

아침형 인간으로 사는 것이 좋다는 말에 올빼미 같은 생활을 청산하고 새벽 알람을 맞춰본 경험이 있을 것이다. 혹은 체중 감량을 위해 저녁 6시 이후부터는 아무것도 먹지 않겠다는 단호한 결심도 해봤을 것이다. 이 밖에도 매년 새해가 밝아올 때마다 다짐하는 무수한 결심들이 있다. 많은 사람이 3일을 넘기기 어려워하고 일주일, 한 달을 이어가는 사람도 드물다. 그만큼 습관으로 굳어진 행동을 바꾸기란 어렵다. 단순한 의지만으로는 지속할 수 없는 것이다.

로마에서 생활할 때 원인을 알 수 없는 무기력증으로 고생했던 시기가 있었다. 무기력은 온종일도 누워있게 했고, 의지적으로 외출을 결심하지 않으면 열흘 동안 집에만 박혀 있게 했다. 피곤함에서 오는 게으름 정도로 생각했던 무기력증은 점점 깊어져 마음의 우울까지 가져왔다. 더 이상 지속된다면 삶이 망가질 수도 있겠다는 위기감이 들었을 때, 나는 매일 의무적으로 외출할 것을 다짐했다. 그리고 이

왕이면 아침에 일어나자마자 걷기 운동을 해야겠다고 마음 먹었다. 아침에 눈을 뜨고 일어나서 집 주변을 걷고 들어오 기만 하면 되는 단순한 결심이었지만 생각만큼 몸과 마음 이 움직여주진 않았다. 그 시절 나에게는 아침 운동을 실행 한 날을 달력에 표시하며 감격스러워할 만큼 쉽지 않은 시 도였다. 그것은 나에게 도전이요, 말하자면 혁명이었다.

변화가 따르지 않는 성장은 없다. 우리는 성장하기 위해 끊임없이 변한다. 자연은 멈추어 있지 않고 계속하여 생성 과 소멸을 반복한다. 그렇다면 우리가 가진 근본적인 속성 또한 다르지 않을 것이다. 즉 변화는 성장의 필수 조건이다. 변화를 결심하는 순간부터 그 내용의 경중은 중요하지 않 다. 다른 사람에게는 사소해 보이는 하루 한 번의 외출이 누 군가는 간절한 마음으로 다짐을 반복해야 가능한 일이 되 기도 한다. 또한 그 사람이 처한 환경에 따라 대다수에겐 쉬 운 다짐이 나에게는 매우 어려운 결심이 되기도 한다. 일상 의 작은 변화와 인생에 영향을 미칠 큰 변화는 경중을 따질 수 없을 만큼 모두 중요하다. 우리가 그런 변화의 필요성을 절감하고 행동하는 것에 더 관심을 기울여야 한다.

개인이나 조직의 경우 변화가 어려운 상황이 있다. 조직 이나 공동체는 그 규모가 크면 작을 때에 비해 변화를 행동으로 옮기기가 더 어렵다. 예를 들어, 조직이 작은 경우는 규칙 하나를 바꿀 때 공동체 구성원의 의견을 수렴하기가 수월하다. 하지만 공동체의 규모가 크면 그만큼 다양한 의견이 있을 것이고, 그 의견을 모으는 것만으로도 꽤 긴 시간이 필요하다. 어떨 때는 처음 변화에 대한 열정은 온데간데없고 구성원들과의 갈등만 남는 경우도 생긴다.

개인이나 조직이나 어떤 습관과 행동이 오랫동안 이어져 온 패턴으로 굳어져 버리면 변화를 적용하기 더욱 어렵다. 불가능한 것까지는 아니지만 그런 행동 양식이 익숙해진 세월만큼 아니, 때로는 그 배의 시간이 필요하다. 나이가 들어갈수록 자신을 바꾸기가 그만큼 어렵고 힘들다는 것을 우리는 종종 느낀다. 그럼에도 불구하고 우리는 변화를 시도하는 용기를 가져야 한다. 그것은 우리 각자를 그리고 우리가 속한 공동체를 자유롭게 만들고 건강하게 해주기 때문이다. 변화에 더디고 완고한 개인, 공동체일수록 건강성을 잃기 쉽다.

몇 년 전 아버지는 휴대전화를 스마트폰으로 바꾸는 문제에 대해 그리 적극적이지 않으셨다. 전화는 걸고 받는 것이 본래의 용도인데, 굳이 스마트폰으로 바꿀 이유가 없다고 하셨다. 아마 새로운 기계의 다양한 기능을 익혀야 하는 것도 불편하셨을 것이다. 하지만 당시 나의 생각은 아버지가 더 나이 드셔서 새로운 기능과 기계의 조작법을 익히는 것보다는 하루라도 젊으실 때 익숙해지는 편이 훨씬 나을 것 같았다. 전 국민이 바꿔도 예전에 쓰던 전화기를 사용하겠다던 아버지는 몇 번의 설득 끝에 스마트폰으로 바꾸셨다. 예상했던 것처럼 아버지는 무척이나 불편해하셨다. 새로운 기능들을 익힐 때마다 누군가에게 물어야 하는 상황도 반복되었다.

그러나 몇 년이 흐른 지금 아버지는 스마트폰을 누구보다 유용하게 활용 중이시다. 운전을 할 때면 음성 지원 서비스를 사용해 길을 찾고, 집에 도착할 때면 큰 소리로 우렁차게 "안내 종료!"를 외치신다. 용건만 간단히 쓰시던 아버지의 메시지에는 언제부턴가 글자가 아닌 이모티콘이 적재적소에 등장했다. 가끔 아버지에게 나의 공로를 인정받고 싶을 때면, 스마트폰으로 바꾼 것이 삶에 도움이 되는지 넌지시 묻는다. 그럴 때면 아버진 "이거 없으면 불편해"라고 답하신다.

변화가 결코 쉬운 것은 아니다. 누구든 익숙한 것을 편안해하고 그 안에서 안정감을 느끼길 원한다. 하지만 매일 우리를 찾아오는 새로움에 기꺼이 마음을 열어보는 것은 어

떨까. 무조건적인 변화가 옳다는 것은 아니지만, 우리 안에
변화에 대한 여지를 남겨두는 것은 좀 더 유연하고 신나는
삶을 위한 필수 조건임에는 틀림없을 것 같다.

지금 우리는
'잘되고 있는' 중

벌써 10년 전의 일이다. '걷다 보면 답을 찾을 수 있지 않을까?' 하는 마음에 그해 2월 서산에서 해미를 거쳐 대천 앞바다까지 걸었다. 당시에 나는 어떻게 살아야 할지 도무지 모르겠다고 느끼던 시기였다. 모든 것이 혼란스러웠던 그때, 나는 걷는 행위가 주는 단순함과 성스럽기까지 한 땅의 힘을 믿었다. 그렇게 무작정 걷는 순례가 시작되었고 국내를 너머 당시는 그렇게 알려지지 않았던 스페인의 1,000km나 되는 길을 한 달 동안 걸었다. 막연히 답을 얻을 수 있을 것이라는 믿음으로 나는 두 길을 충실히 걸었다.

서산에서 해미를 거쳐 대천 앞바다까지 이어졌던 겨울의 여정은 그야말로 급작스럽게 출발한 순례였다. 고맙게도 내 제안에 흔쾌히 응해준 길동무도 있었다. 그렇게 나의 첫 번째 걷는 여정은 대한민국 전도 한 장을 바라보다 시작되었다. 무수한 무명의 순교자가 피를 흘린 해미 읍성을 평소에도 자주 방문하고 의미 있게 생각했는데, 그 역사적인 장소를 내 두 발로 꼭꼭 눌러 걸어서 도착한다면 더할 나위 없이 뿌듯할 것 같았다. 서울에서 서산까지 버스를 타고 간 다음 어떻게 도보로 대천 앞바다까지 이를 수 있을지 형광펜으로 칠해 보았다. 그렇게 방 한편에 붙여둔 대한민국 지도에 순례의 여정을 표시해 두고 있으니 무심코 방문을 열었던 오빠는 '그 길이 지도로 보아 한 뼘이지 짧은 거리가 아님'을 상기시켜 주었다. 그러고는 "설마 걸어서 갈 생각은 아니지?"라는 질문을 남겼다. 하지만 나는 걸어서 가 볼 작정이었다.

배낭 하나 둘러메고 동행하기로 한 언니를 터미널에서 만났다. 언니는 사실 터미널에서 만날 때까지도 도보라는 사실을 모른 채 4박 5일 충청도 지역을 여행한다는 정도만 허락해준 상태였다. 터미널에서 언니를 만나자마자 나는 지도를 펼쳐 보이며 "걸어가자"라고 하면서 언니의 얼굴을 살폈다. 다행히 조용한 성격의 언니는 소리 없는 웃음으로 내 황당한 계획에 따라주었다.

벌써 10년이나 지난 일이다. 그런데 내 기억에도, 동행해 준 언니의 기억에도 그 여정은 참 아름답게 남아있다. 결코 우리가 목적지로 생각했던 대천 앞바다의 겨울 풍경 때문만은 아니었다. 우리 마음속에 각인된 것은 그 길 위에서의 여정이었다. 서산에서 언덕길을 넘고 굽이굽이 작은 마을들을 지나갈 때 낡은 자전거를 끌고 가시다가 "이거라도 탈쳐?"라며 우리를 도와주고 싶어 하셨던 할아버지, 숙소조차 없는 작은 마을에서 다른 동네로 넘어가야 했을 때 10분이면 가는 거리라고 우리에게 희망을 안겨주셨던 할머니, 시골 언덕 위에 작은 슈퍼에서 초코파이를 발견하고 나무 밑에 누워 먹었던 기억, 바닷가 둑방 옆에서 해물 칼국수를 팔고 계셨던 아주머니들이 서산에서부터 걸어온 우리에게 건네주셨던 뜨끈한 국수 한 그릇, 그 과정이 모두 눈물겨운 깨달음이 되어 마침내 대천 앞바다에 설 수 있었다.

1,000km의 길을 두 발로 걸어서 도착했을 때도 마찬가지였다. 진흙에서 구르고 넘어졌던 시간들, 발가락에서 피가 나고 누군가의 도움으로 지나왔던 여정이 아름다웠다는 것을 순례를 마치고 돌아올 때 깨달았다. 그 순례의 시간 동안 가장 아름다웠던 곳은 마지막 순례자를 위한 성당도 아니고 유명한 순례지도 아니었다. 눈부시게 아름다웠던 곳은

바로 내가 지나왔던 그 길들이었다. 순례자들은 길 위에서 힘들 때마다 여정이 얼마나 남았는지 그리고 오늘 얼마나 지나왔는지를 확인했지만, 사실 우리는 가장 아름다운 순간에 있었던 것이다. 그 길의 끝에서 무언가 얻고 어떤 특별한 경험을 하지 않을까 기대했는데 결국 목적지에서 내가 깨달은 것은 걸어온 과정이 바로 목적지였다는 뭉클함이었다.

삶의 여정도 이와 같다. 우리는 어떤 목표와 목적을 향해 달려간다고 생각하지만 사실은 이 모든 과정이 모여 완성되는 것이다. 이런 관점에서 실패는 중요하다. 실패는 과정에서 필수적인 요소이다. 과정을 겪지 않고 완성되는 성은 반드시 무너진다. 우리는 시도하고 허무는 과정을 통해 단단해진다. 그 과정을 무서워하지 말고 기꺼이 부딪쳐야 한다.

나는 음식 만드는 것을 꽤나 즐기는 편인데 특별히 자신 있는 메뉴를 하나 꼽으라면 닭볶음탕이다. 닭볶음탕을 처음부터 잘했던 것은 아니다. 이탈리아에 살면서 다양한 국적의 친구들과 모일 기회가 많았고 그때마다 각자 나라의 음식을 해서 나눠 먹는 일이 잦았다. 마치 대한민국의 대표 선수가 된 양 비장한 각오로 현지에서 마련할 수 있는 재료와 조리법을 감안해 선택한 메뉴였다. 처음에는 닭 손질과 냄새 나지 않게 조리하려면 어떻게 해야 하는지 등을 책과 자료를 보며 익혔지만 실전은 늘 문자화된 정보와 크게 달랐다! 때론 닭에 간이 적절히 들지 않기도 하고, 비린 냄새가 나기도 했다. 너무 맵게 되거나 너무 짜게 되거나 혹은 달게 되는 날도 있었다. 감자가 덜 익어서 식감이 설컹설컹하거나 반대로 당근이 뭉개져 완성품이 죽처럼 보이는 경우도 있었다. 5년 동안 살면서 평균 잡아 한 달에 두 번 정도 했으니 1년이면 24번, 5년이면 120번의 닭볶음탕을 만든 셈이다. 이제는 사람들에게 외국에서 잘 해 먹던 음식이라며 닭볶음탕을 대접하면 타국에서 한식 조리 연구했느냐는 농담까지 듣게 된다. (가끔은 그런 것 같기도 하다.)

음식을 하는 과정과 그림을 배우는 과정, 나아가 창의적인 활동을 익히는 여정도 크게 다르지 않다. 어디 이뿐이랴. 삶을 산다는 것도 마찬가지다. 두발자전거가 무서워 네발자전거에서 벗어나지 못했던 어릴 적 기억이 있다. 두발자전거는 뒤에서 잡아주는 사람이 있어도 불안했고 나는 곧 넘어져 무릎에서 피가 뚝뚝 흐를 것만 같은 기분에 몸서리쳤다. 자전거를 자유롭게 타는 기쁨보다 넘어지는 두려움이 더 컸고, 어른이 되어도 네발자전거를 타야겠다고 마음먹었다. 그러나 차츰 크면서 주변 친구들이 두발자전거를 타는 모습을 보면 나도 멋지게 자전거를 타고 싶었다. 결국 굳은 결심을 하고 두발자전거를 배우기로 했다. 역시 예상대로 많이 넘어졌고 무릎에서 피도 났다. 하지만 두발자전거로 동네를 돌아다니는 것을 넘어 두 팔을 떼고 타는 기술까지 익힌 지금은 넘어졌던 기억이 흐릿하다 못해 잊혀졌다. 넘어짐을 두려워한 나머지 네발자전거에서 배움을 멈췄다면 두발자전거를 타는 기쁨을 어찌 알 수 있었을까!

넘어지는 것을 겁낼 필요없다. 살다 보면 돌부리에 걸려 넘어지는 일 말고도 관계에서, 업무에서, 학업에서, 진로에서 뜻하지 못한 일을 겪고 엎어진다. 그러나 다시 툭툭 털고 그 과정이 전부가 아님을 생각하며 다시 의연하게 시작하는 것이다. 잘하고자 하면 더 많은 좌절을 경험하게 되고 도전하는 사람에게는 실패가 잦게 느껴진다. 하지만 이것은 우리가 그만큼 내 삶을 주체적으로, 열정적으로 살고 있다는 반증이다. 몸으로 겪는 시간은 절대 버려지는 시간이 아니다. 오히려 겪지 않고 이룬 것이 있다면 당장은 편하고 좋을지 몰라도 오래 갈 수 없다.

혹시 그림을 잘 그리고 싶은데 생각만큼 잘되지 않아서 '망쳤다'라고 느낀 경험이 있는가? 그 '망쳤다'라고 느낀 순간이 바로 우리의 안목이 조금 더 성장한 순간이다. 무엇이 미숙한지 자신의 눈으로 발견했기 때문이다. 예술 활동을 하면서 좌절을 경험하는 과정을 지나는 사람이 있다면 그에게 조금만 더 힘을 내서 계속 가라고 말하고 싶다. 지금 우리는 '잘되고 있는 중'이니까 말이다.

결국 유쾌하게
사는 것

초등학교 5학년이 되고 얼마 지나지 않았을 때, 가장 친하게 지내던 친구로부터 한 통의 편지를 받았다. 그 친구는 4학년 때 전학을 온 내가 잘 적응할 수 있도록 도와주었던 고마운 친구였다. 절친이 보낸 편지이니 당연히 잔뜩 설레하며 편지 봉투를 뜯었다. 그런데 편지에 담긴 내용은 내 예상을 완전히 깨버렸다. 친구는 '이제부터 친구로 지내지 말자. 잘 지내'라는 내용을 보낸 것이었다. 그날 친구가 이야기한 절교(?)의 이유는 내 삶의 큰 전환점이 되었다. 그 친구는 내가 너무 진지해서 계속 친구로 지내기 힘들다고 했다.

진지하다는 말을 들은 그날부터 나는 주변에 친구가 많고 항상 쾌활하게 지내는 친구들을 유심히 관찰했다. 대체로 그들은 사교성이 좋았고 유쾌했다. 그래서 주변에 있는 친구들이 항상 웃고 즐거워했다. 나도 그런 모습을 갖게 되면 절교를 선언했던 친구와 다시 잘 지내게 되지 않을까 하는 기대도 있었다. 절교 사건 이후로 나는 재밌는 사람이 되기 위해 다방면으로 연구하고 시도했다. 다행히 유쾌하신 아버지 덕분에 유전자 안에는 쾌활한 사람이 되기 위한 잠재력이 있었다. 단지 그것을 발달시키지 못했을 뿐이었다. 일상에서 재밌는 일들을 찾아보자니 처음에는 막막하고 어려웠지만 조금씩 웃음이 터지는 포인트를 알 수 있게 되었다. 사람들은 주로 진지하거나 건조한 일상에서 예상치 못하는 상황이 전개되었을 때 흥미를 가졌다. 혼자 있을 때는 타고난 진지함을 아직도 버리지 못하지만, 다른 사람과 어울릴 때의 나는 조금씩 활발하고 재밌는 사람으로 변해갔다.

유쾌함을 가지고 사는 이야기를 할 때면 항상 이 친구가 가장 먼저 떠오른다. 처음 시작은 절교를 전해 들은 사실이 너무 슬퍼서 다시 친해지고 싶은 마음에 변화를 시도한 것이었지만 나는 유머를 갖고 살아가는 것이 얼마나 큰 삶의 활력인지 알게 되었다. 그런데 이 유머를 가지고 살아가는 것도 한 가지 조건이 있다. 그것은 그 유머의 소재로 쓰이는 대상이 나 자신이어야 한다는 것이다. 나 자신 이외에 소재를 쓸 때는 실존하지 않는 존재이어야 한다. 예를 들면, 맹구, 영구, 땡칠이, 외계인처럼 말이다. 그렇지 않은 유머는 자칫 타인에 대한 비웃음이 된다. 의도치 않게 상대방이나 유머의 소재로 쓰인 대상에게 상처를 입힐 수 있다.

절제되어 있는 수도 생활에서도 유머는 꼭 필요했다. 유머를 통해 삶의 긴장성을 이완시킬 수 있었고 함께 살아가는 재미와 기쁨을 발견하기도 한다. 처음에는 유쾌하게 사는 것이 진지함이 결여된 가벼움일까 봐 걱정도 되었다. 그래서 짧은 농담 한마디 던지는 것도 망설여졌다. 그런데 조금씩 시간이 지나면서 내 삶의 즐거움에서 오는 유쾌함과 명랑함은 주변에 생명력을 전달해 준다는 것을 느꼈다.

과연 삶을 즐겁게 산다는 것은 어떤 의미일까? 어떤 사람은 여러 가지 삶의 조건이 풍족하게 갖추어져 있음에도 늘 걱정하고 불만족에 휩싸여 있다. 그런 사람은 함께 있는 다른 사람들의 좋은 기분이나 마음까지 흐리게 만든다. 그렇게 살아가는 자신의 모습은 바라보지 못하고, 자신은 운이 없어서 삶이 잘 풀리지 않는다며 신세 한탄만 늘어놓는다. 그런 사람을 만날 때마다 나는 그에게 결여되어 있는 가장 중요한 것이 '삶에 대한 유쾌함, 즐겁게 살아가는 마음'이라고 생각한다. 즐겁게 살아가는 것은 주변에서 무엇을 제공해 주어서 혹은 내가 어떤 조건을 모두 충족시켜서 가능한 것이 아니다. 밝게 살아가는 것은 나의 처지와 상황에도 불구하고 내가 그렇게 살아가기로 결심하면서 시작된다.

가족이 없는 할머니들이 모여 사시는 양로원에 방문한 적이 있다. 그런 곳에 갈 때면 마음이 무겁고 울적해진다. 병들고 늙어가는 인간의 삶이 무력하게 느껴진다. 그날은 지인의 부탁으로 한 할머니를 만나기 위해 방문했다. 입구에서부터 느껴지는 소독약 냄새와 식당에서 풍겨오는 음식 냄새 그리고 허공을 울려 대는 TV 소리가 나를 맞았다. 나는 만나기로 약속된 할머니의 성함을 적었고 몇 분 지나지 않아 할머니는 휠체어를 타고 나오셨다. 내 손에는 할머니가 평소 좋아하신다는 닭다리 튀김이 들려 있었다. 나는 '어떻게 이 만남 안에서 이분에게 위로를 드릴까'를 고민하고 있었다. 그런데 면회를 나오신 할머니의 표정은 나의 걱정이 무색할 만큼 밝고 편안했다. 할머니는 내가 들고 간 닭다리도 참 맛있게 드셨다. 어떻게 지내시는지를 묻는 나의 소소한 질문에 할머니의 마지막 결론은 항상 똑같았다. 할머니는 모든 것이 감사하다고 하셨다. 조금 불편하지만 그래도 특별히 아픈 곳 없이 잘 지내는 것도 감사할 일이고, 다리는 아프지만 좋아하는 음식을 맛있게 먹을 수 있는 건강한 치아에 감사한다고 하셨다. 가족이 없어서 외로우실 텐데 그 외로움을 마냥 쓸쓸해 하기보다 가족이 없음에도 이렇게 도와주는 사람들이 있다는 것에 고마워하셨다. 원망이나 후회, 불평이나 험담이 없는 할머니의 이야기는 바쁜 일상과 피곤함에 젖어 있던 나에게 오히려 쉼이 되었다. 나중에는 내가 소소한 걱정을 할머니에게 이야기할 정도가 되었다.

물질적으로는 특별히 더 가진 게 없어 보이셨던 아니, 어떻게 보면 다른 사람들보다 더 갖지 못한 할머니의 삶이었지만 할머니는 즐겁게 살고 계셨다. 마음이 울적해지고 슬퍼질 때면 노래를 흥얼거린다는 할머니는 유쾌하게 사는 방법을 선택하신 거였다. 할머니와의 만남은 내게 표현할 수 없는 위로를 주었다. 헤어질 때는 와줘서 고맙다고 꼭 안아주시는 할머니 품에서 정겨운 향기마저 느껴졌다.

결국 유쾌하게 사는 것, 감사한 마음을 가지고 즐겁게 사는 것은 자신의 선택이며 그것은 습관이다. 일상에서 좋은 일이 생길 때 감사하고 기뻐하기보다 "그럴 수 있는 일인데 뭘 그렇게 생색내며 좋아하느냐"라고 덤덤히 말하는 사람도 있다. 그런데 좋지 않은 일이 생길 때면 그 평정심은 사라지고 자신에게 생긴 일이 얼마나 부당하며 삶은 얼마나 괴롭고 피곤한지 설명하느라 바쁘다. 그런 사람은 스스로에게도, 주변 사람들에게도 그리고 그의 인생에도 고마워하지 않는다. 오히려 고마워할 일이 어디 있느냐며 되묻는다.

그렇게 굳어진 삶에 대한 시각과 관점은 습관이 되어 나이가 들어갈수록 모든 것이 맘에 들지 않고 불평할 일만 늘어난다. 그들에게 삶은 수동적으로 주어진 그저 힘들고 고단한 여정일 뿐이다. 그렇게 살아가다 보면 주변에 있던 사람들도 어느새 멀어져 무척 외로워진다. 안 그래도 고통이고 힘든 것이 삶의 본질이다. 힘을 내어 씩씩하게 걸어가는 용기나 지금 주어진 상황에 대한 긍정적 시선 없이 늘 불만을 털어놓는 사람을 누가 계속 만나주겠는가. 이런 사실을 알 까닭이 없는 불평에 찬 사람은 '인간은 원래 믿을 것이 못 되며 결국 인생은 혼자다'라는 외로움에 허덕인다. 그 자신이 스스로 삶을 어둡게 만들고 생명력을 꺼뜨려 주변의 관계들을 잘라내어 메마르게 했다는 사실은 보지 못하고 말이다.

사람은 살아있는 존재다. 따라서 본능적으로 살 수 있는 조건을 향해 모여든다. 해바라기가 해를 따라 얼굴을 돌리듯이, 물고기가 맑은 물을 따라 헤엄치듯이 우리의 본성은 잘살 수 있는 관계와 만남을 향해 모이고 이루어진다. 사람마다 그 사람이 가진 불씨와도 같은 생명력이 어떤 파장과 빛깔을 가져오느냐에 따라 관계도 삶의 결도 바뀐다.

이런 생명력을 더 싱싱하게 살아있도록 도와주는 것이 유쾌함, 소소한 유머다. 고단한 일상에도 빙긋 웃을 일 하나쯤은 숨어있기 마련이다.

예술은 당연한
권리이자 놀이

화가이면서 철학자, 시인이기도 한 벨기에의 초현실주의 작가 르네 마그리트는 이런 말을 남겼다.

"나 혼자 꿈을 꾸면 그것은 꿈일 뿐이다. 하지만 우리 모두가 함께 꿈을 꾸면 그것은 새로운 현실의 출발이다."

그는 당시 작가들이 무의식 세계를 작품으로 드러낼 때 주변에서 볼 수 있는 것을 뒤집어 내면세계를 표현했다. 이런 작품 활동이 가능했던 것은 그의 사물과 사건에 대한 통찰력이 있었기 때문이다. 나아가 그는 자신에게 있어서 세상은 상식에 대해 끝없이 의문을 갖고 되짚어 보는 현장이라는 말을 남겼다.

르네 마그리트가 자신이 관찰한 현실 세계를 관점을 바

꿔 작품 안에서 재해석했다면 나는 내가 걸어온 길과 타국에서의 시간을 통합하여 예술 활동에 대한 인식을 재정의해 보고 싶었다. 문화와 예술이 사회 구석구석에 바탕이 되어 젖어있는 사회는 다양성에 대해 받아들이는 폭이 넓다. 이것은 바꿔 말하자면, 각자가 자신의 색깔대로 당당하게 살아갈 수 있는 사회적 분위기가 허락된다는 말이기도 하다. 획일적인 집단에 소속되지 않아도 그 자신으로서 안정감을 잃지 않고 자신의 생각을 삶으로 옮겨 갈 수 있다는 것은 개인적인 결단이나 의지만으로는 어렵다. 그것은 사회 구성원들의 다양한 생각이 말살되지 않고 실행될 수 있을 때 가능한 일이다.

개인의 고유함이 인정되고 다양성이 존중받는 사회를 이루기 위한 효과적인 방법 가운데 하나는 예술 활동을 행하는 사람들의 범위를 넓히는 데 있다. 원래 예술 활동은 모든 사람의 일이었다. 그것이 소수의 특별한(?) 사람만 할 수 있는 일이 된 것은 불과 몇백 년일 뿐이다. 특별한 사람들의 창의적 활동만으로는 이룰 수 없다. 대다수의 평범한(?) 사람들이 문화 예술을 공감하고 그것의 주체가 되어 활동하는 역할을 할 때 예술은 다양성을 인정하는 사회로 나아가는 데 그 몫을 할 것이다.

오늘날 많은 양질의 프로그램과 기회, 기관이 있다는 것은 감사하고 놀라운 변화다. 하지만 여전히 획일적인 교육이나 예술 프로그램이 많은 부분을 차지하고 있는 것도 현실이다. 게다가 계속적으로 예술 활동을 이어갈 수 있도록 장려하기보다 일회성인 경우가 많고, 경제적으로 부담해야 할 부분이 크다 보니 직업이 아닌 풍요로운 삶을 위한 투자로서 경험하기에는 어려운 실정이다. 이런 문제들이 한꺼번에 해결되지 않더라도 시도와 공간 마련, 나눔이 있어야 한다. 개인적으로 나는 타국에서 귀국을 앞두고 이런 생각에 이르렀을 때, 소외됨 없는 세상을 향한 꿈을 품었던 시절을 떠올렸다.

'과연 나의 이런 꿈이 막연하고 지극히 이상주의자적인 공상에 불과한 것일까?'

그런 막막함이 엄습할 때마다 르네 마그리트가 말한 '함께 꾸는 꿈'을 떠올린다. 로마에 살면서 저녁이나 주말에 있는 다양한 공연과 워크숍 등에 참여할 수 있었는데, 아주 특별한 경우를 제외하고는 대부분 비용이 없었다. 오르간 연주회나 수채화 워크숍, 드로잉 교실, 교사들로 이루어진 극단의 연극 공연 등 다양했다. 이 밖에도 클래식 기타 수업, 사진전이나 공방 체험 또는 연극에 직접 참여할 수 있는 프로그램까지 재밌는 활동들이 많았다. 나는 그 활동에 참여하는 많은 사람이 낮에는 각자의 일을 하고 가정을 이루며 살고 있는 평범한 사람들이라는 사실에 놀라고 반가웠다.

'찾아가는 예술 공간이 있다면 어떨까?'

'찾아가는 예술 공간'이라는 말은 의미를 더해 붙여 본 이름이다. 예술 활동은 모든 사람이 마땅히 누려야 할 권리이며 놀이이다. 그래서 그런 기회가 잘 주어지지 않는 곳까지 주체자인 개인이나 혹은 단체가 찾아가는 것이다. 예술 활동과 기회를 쉽게 얻을 수 있는 환경에 놓인 사람은 물론이고 개인적 상황이나 지역적인 이유 등으로 창의적 활동을 찾아가는 데 어려움을 겪는 곳이라면 어디든 가는 것이다. 시각 예술을 예로 들면, 아이들에서부터 나이가 많은 어르신들까지 각자가 처해있는 상황에서 자신을 표현하고 삶의 순간을 풍요롭게 할 수 있는 미술 활동을 이어가는 것이다. 일방적으로 배우는 수동적인 수업이 아니기에 '예술 공간'이라는 이름을 붙여봤다.

사실 예술은 가르치고 배워서 완성될 수 있는 영역이 아니다. 더 쉽게 표현할 수 있는 기술 정도야 배우고 익혀서 나아갈 수 있지만, 궁극적으로 창의적인 활동은 누군가에게 배워서 이루는 경험이 아니다. 굳이 가르치는 사람과 배우는 사람을 나누자면 가르치는 사람이라 불리는 사람은 '어떻게 배우고자 하는 사람이 자신 안에 있는 것을 끌어낼 수 있는지, 끌어내는 방법은 어떻게 찾을 수 있는지'를 나눠 줄 수 있다. 바로 그 과정에서부터 우리는 서로에게 듣는 법을 배우고 경청하는 경험을 쌓아가며 다양성을 익히게 되는 것이다.

예술 학교에서 학생들을 지도해 주셨던 교수님들은 어떤 지시를 하지 않는다. 그저 그분들의 경험을 이야기해 주고 더 좋은 방법은 어떻게 찾을 수 있을지 함께 고민해 주셨다. 예를 들어, 작품을 완성함에 있어 어떤 선택이 필요할 때 질문을 하면 그분들은 모두 빙긋이 웃으며 자신의 생각을 이야기해 주시고는 "하지만 예술가는 너다!"라는 말을 덧붙이곤 하셨다. 그것은 가르치는 사람의 생각이 전부 옳지 않을 수 있고 새로운 방법이나 시도가 있을 수 있다는 열린 사고였다. 마치 그곳에서 가르치는 역할을 하는 이들은 배우는 이들에게 함께 문제를 풀어가는, 부딪친 난관에 함께 달려들어 싸우는 전우 같은 존재였다.

'찾아가는 예술 공간'은 꿈으로만 그치지 않을 것을 안다. 그런 마음은 지금도 어디선가 조용히 시작되고 있을 것이며, 이런 생각으로 무언가를 시작한 이들도 있을 것이다.

그런 공간은 따뜻한 환대가 공존하는 곳이며, 모두에게 차별 없이 창의적 활동이라는 놀이를 경험케 하는 공간이 된다. 장소의 한계성을 넘어 어디든 움직이고 찾아갈 수 있는 미술과 음악, 영화와 연극, 문학을 나누는 사람들의 신나는 놀이터가 된다.

예술은 누구든지 행할 수 있고 경험해야 하며 모두가 누려야 할 권리이자 놀이다. 우리는 그런 나눔과 공유를 통해 좀 더 서로를 잘 들을 수 있고 서로의 다름을 마땅히 인정하는 세상으로 나아갈 것이다.

매 순간이 선물이고 행운이다

마음속의
풀리지 않는 모든 문제에 대해
인내를 가지라

문제 그 자체를 사랑하라
지금 당장 해답을 얻으려 하지 말라
그건 지금 당장 주어질 순 없으니까

중요한 건 모든 것을 겪어보는 일이다
지금 그 문제를 겪어보라
그러면 언젠가 먼 미래에

자신도 알지 못하는 사이에
삶이 너에게 해답을 가져다줄 테니

— 라이너 마리아 릴케 〈젊은 시인에게 주는 충고〉

나의 지난 시간이 그러했다. 답이 없는 물음 같았고 풀지
못할 문제 같았다. 그러나 시간의 흐름과 함께 조금씩 깨달
음의 조각이 늘어난다. 그런 시간들 속에 수많은 사람과 고
마운 만남이 있었다. 수상 소감을 발표할 때면 줄줄이 이름
을 나열하며 울먹이던 사람들을 이해하지 못했는데 상을
받은 것도 아니건만 목구멍이 뜨거워진다. 좋은 인연들은
나의 공로가 아니라 철저하게 거저 주어진 선물이었고 행
운이었다.
　삶의 시간이 더해지다 보니 의도하지 않아도 생각이 비
슷하고 뜻이 같은 사람들을 만나게 된다. 이런 뜻이 모여 사
람들의 평범한 일상에 예술이 익숙한 얼굴로 자리 잡기를
바라는 마음이다. 그리하여 많은 사람이 자신의 예술 본능
을 마음껏 펼치며 행복해졌으면 좋겠다. 예술은 특별한 소
수의 전유물이 아니라 우리 모두의 것이다. 누구든지 창의

적 활동에서 소외되지 않고 참여하기를 희망해 본다.

이제 책의 마침표를 찍는다. 이 마침표는 사람 서리에서 새로운 만남으로 다시 피어날 것을 믿기에 서운함보다는 설렘을 가져본다.

세 마리 흰 도깨비 댕댕이들과

작업실에서

나무는 흔들릴 때마다 자란다

초판 1쇄 발행 2020년 6월 25일

글·그림 박현주
펴낸이 정혜윤
편집 김미애, 한진아
마케팅 윤아림
디자인 이유진
펴낸곳 SISO

주소 경기도 고양시 일산서구 일산로635번길 32-19
출판등록 2015년 01월 08일 제 2015-000007호
전화 031-915-6236
팩스 031-5171-2365
이메일 siso@sisobooks.com

ISBN 979-11-89533-27-4